建安 JIAN'AN 和

主编：见　君

世间风骨＼其名建安

花山文艺出版社

河北·石家庄

图书在版编目（CIP）数据

建安·唱和 / 见君主编 . -- 石家庄 : 花山文艺出
版社 , 2024. 11. -- ISBN 978-7-5511-6511-2

Ⅰ . I217.2

中国国家版本馆 CIP 数据核字第 2024HB4738 号

书　　名：**建安·唱和**
　　　　　JIAN'AN·CHANGHE

主　　编：**见　君**

责任编辑：王安迪
美术编辑：王爱芹
装帧设计：刘　源
出版发行：花山文艺出版社（邮政编码：050061）
　　　　　（河北省石家庄市友谊北大街 330 号）
销售热线：0311-88643299/96/17
印　　刷：三河市兴国印务有限公司
开　　本：787 毫米×1092 毫米　1/16
印　　张：11.25
版　　次：2024 年 11 月第 1 版
　　　　　2024 年 11 月第 1 次印刷
书　　号：ISBN 978-7-5511-6511-2
定　　价：69.80 元

目录

CONTENTS

开 篇

想想就激动，那场景：原始先民成群结伙，赤脚裸肩在耕作劳动，忽然有一伙人起头高唱，紧接着，另一伙人随声附和。

当其时，击壤歌意义更为深远：日出而作，日入而息，凿井而饮，耕田而食。帝力于我何有哉！如此看来，帝尧之世，真的是百姓无事，天下大和。

唱和，出自先秦《诗经·国风·郑风》的《萚兮》：萚兮萚兮，风其吹女。叔兮伯兮，倡予和女。萚兮萚兮，风其漂女。叔兮伯兮，倡予要女。秋风吹来，落叶曼舞，一个窈窕淑女走出来：小伙子们哎，我先唱，你们来和。看看想想，就美醉了。至此，诗歌唱和款款而来。

及至汉，唱和初露，自魏至晋，诗兴蔚然。曹魏时，北方一统，邺下文人，三曹七子，"怜风月、狎池苑、述恩荣、叙酣宴"，唱和诗兴斐然；西晋天下一统，人文鼎盛，文学活动发达，晋武帝三次华林园集会、石崇多次金谷园集会、尚书台尚书郎诗歌互赠互答。

从此，真正意义上的诗歌唱和靓丽登场。

白墨∥与人通信
—— 想念一个人　赠诗人王建凯

臆想也即冥想，最适合的活命方式
消失成为一门高技术含量的活计
愈加难以把握

到处是纯粹的灰烬，看不见哪儿在燃烧
确定、不确定，相互指责并撕咬
完美和谐的　首尾吞噬

在布满暗雷的大地上舞蹈
不同剧目　花式的芭蕾折返跑
穿梭在急促的倒带与回放中
观看自己荒诞地回退　倒地　起身
冰冷的狙击枪口无声地滑动

死亡成为一生蓄势待发的预备式

王建凯∥我创造自己的父亲
—— 父亲节手记　赠诗人白墨

我旁边没有人，现在是黑夜。请接着虚构："以盲
文"……换那轻盈的五克拉。

夜舞，快结束了。请小跑，尊重曾经的巴士。没有一
个姑娘，再约仿古的马车。

"快点，去长安"……草堂等不及了……我用重逢，还
你的送别。

活着，如换气："我在六楼"。负责樱桃园……我不是
园丁……写海鸥的另有他人。

灯塔在望："这里是哪里？"须弥山，重聘虚云。

别到顶点："我在人间还有股份"。

请听《广陵散》，我有流水辞："为了高山"……我活成高山。

孤啸："太虚无了"。竹林很美："看上去像无人"……我有名画，逸笔草草，没一处闲笔。我的"遗著"……无人继承。

今晚的主食，仍是："风骨"。苦咖啡里，加一点糖："此生的甜点"。

请笑纳："舌头的管辖"……调起高了，时代心衰。这无主之地的"死亡派对"。

别哀伤："万古长如夜"。我有诗经和夜色。

"俄倾便寂静。"歌德如是说。

请你也要安静尊重"怀抱"，命若琴弦：像"皈依"。

我摸过"失传的圣书"，和"无法测量的伟大"。

鹿和修道院："小跑的恒河"。

东坡的驴，在马厩大叫："金色的麦加"……"我的伊甸园"。

高仿的拉比，谁是真主？请加百利出来走两步。

写诗的都是犹太人，我瞒不住"哭墙"："诗歌是一项残酷的职业"。

何时开始想念

白墨

当总是不自觉地回忆，想念某些人、某些事儿的时候，可能就是衰老的开始。衰老仿佛生命的"癌症"，而想念则是最好的解药。

与诗人建凯兄相识，想起来也非常有趣，甚至有些神奇，烙满着年代感。

二十世纪七八十年代，整个社会仿佛对诗歌充满着无比崇敬和热爱，在灵魂的最高处放射出炽热的光芒。哪里有书籍，哪里就会聚集着思想最活跃的人群；每个年轻人，都是一个意气风发的诗人，这也是那个时代真实的写照。二十世纪八十年代初期，邯郸有位书商"大老王"，四十来岁，瘦高的个子，微微探肩，胡子拉碴。虽然是个农民，但却怀揣着一个火热的"文学梦"。由于爱书，他摆了个书摊儿，除了卖些中外名著，更是专门卖些王蒙、梁晓声、张承志以及杨炼、多多、顾城、欧阳江河、舒婷等深受社会欢迎的小说、诗歌作品，因而他的书摊儿就像磁石一样，吸引着很多文学爱好者，我就是其中一个。从书摊儿到书亭，从书亭又到书店，我们跟随着"大老王"兜兜转转，时不时到他那里看看又有什么新书到货，并递一些纸条，建议他下次再进哪些小说、诗歌、哲学、艺术、文化学、社会学等书籍。由于我已经参加工作，有了五十多块钱的工资，每次在"大老王"那儿都有所"斩获"。很多时候，我都会碰见一个特别的年轻人，估计有二十郎当岁，一米八以上的个儿，戴个大框眼镜，穿个牛仔夹克，头发及肩，比我的头发还长几分。他除了自己翻书、找书，总会在我身边左右转转，瞟几眼我买的哪些书。我当时就想能找个机会，一起坐一坐、喝上几杯，看看他是干啥的。终于，我们在市里的一次诗歌座谈会上见了面，不由得都喊出"是你？""是你！"我说，我正想和你见面聊一聊，看看是不是写诗的。他说，你这家伙总是买了那么多好书，和我读的差不多，一定是个诗人，也想结交一下。从此我们俩就成了"哥们"。

一晃近四十年过去了，身边很多的人聚聚散散，我们俩不但成了邯郸为数不多的"著名喝家"，更是愈加在写诗这件事儿上变得简单、纯粹。从诗歌的"趣味"，文本的追求，思想的练习，精神的力度，灵魂的纯度，创造力的开掘等方面，在不断地消解种种"附件"中相向而行……

白墨：在茫茫的宇宙中，地球肯定不是孤独的。但在没有遇到另一个地球时地球就是孤独的，对于一个优秀的诗人来说亦是如此，甚至是一种真实的永远或永恒。

王建凯：孤独可以使我们暂且摘出并远离我们的同类，使我们高贵得可以宽容一切；孤独洗濯得我们更加纯粹，纯粹得令万物汗颜。

白墨：那个曾经"狂飙突进"的年代，真是一个令人心驰神往的"黄金时代"。那些自觉、自持的诗人，在历史不断的升级迭代中，见证了文学的"共时性"，逐步登上诗歌宏大荒莽的高原。已经进入一个只有好诗人对话好诗人的时代。既然已经成了诗的"猛兽"，就已经放弃了万物齐欢的喧嚣。

王建凯：诗，是灵魂的"盗火者"、精神的"放映人"和语言的"魔术师"。我们愿从语言创建的"伊甸园"，走进诗歌神圣的"麦加地"。我们留下诗的"亲人"真的不多，甚至只有"唯一"。

白墨："纯粹的游戏"仿佛已经是诗另一种"散装卸甲"必要的方式。一正经就深入，一深入就具体，一具体就痛苦。从真实到荒诞，从荒诞到虚无，我们终将成为语言和词。

王建凯：诗与友使我们成了当下一个"正常"的人，它使我们在生活的现场中不会去犯罪，更不会去犯贱。它甚至使我们和解了死亡，与绝对的"腐烂"力量较劲。起码我们没输，他们也没赢。

白墨：当代诗人、作家、社会文化学者。二十世纪八十年代初开始文学创作，在各类刊物发表诗歌、随笔、剧本等作品，出版诗集《还原》等。

王建凯：燕山大学客座教授，中国作家协会会员，诗人、批评家。邯郸市政协常委。

辰水 ‖ 山楂
—— 兼致孙梧

没有一个山楂不是红色的，在山岗上
它们与我们有着共同的肤色
当我和你都未成熟的时候

隔着连绵的群山，去指认一个故乡
它却并不让人轻松
当我们身在钢筋水泥的丛林里，点上红酒与咖啡
互相庆祝诗神降临之时

那些被冷落在山野的山楂，它们是否更像是
我们最远的芳邻
在偶尔的串门的时候，得到短暂的问候

山楂，沉溺于心底的小小堂弟
当大风吹来，我只能侧身而过
那落在田埂上的山楂，已无人捡起

对于故乡，我们已无法返回
尽管一枚山楂的刺还滞留在肉体里

辰水&孙梧

孙梧‖茅草辞
—— 兼致辰水

你带着那盏三十年前的马灯
它曾照亮的荒野，埋下了你我的父亲
他们在阴间以兄弟相认
我们尚在人间，要把拔茅草的流程再走一遍

茅草身上布满了星光
茅草身上布满了积雪后的气息

黑色泥土下，寻找茅草根的白
马灯照耀下，寻找储在地埂边的煤油
茅草搭建的寒舍里，做回马灯下的王
挥斥方遒。喝上几盅，你写一点点多余的山楂
我翻译成有重量的灵魂

仿佛灵魂就是山岗边的坟茔
满山坡的茅草，一生都在风中飘摇

观察者孙梧

辰水

当下写乡村诗歌的诗人众多，但能像孙梧一样每个周末都能回老家一次看望老母亲，和母亲一起劳作体验农活者少。

我的经历和他相似，他的"崮山村"和我的"安乐庄"，分别在临沂这方土地的一北一南。但除了方位的不同外，我们有着大致的口音和似乎是相同的山山水水。我曾经有一次跟随孙梧到过他的村庄，看到了似曾相识的瓦房、河流、山丘，这足以奠基了一个诗人成长的基础。

他几乎以自己的"崮山村"打造文学山头，划定界线。这在他的许多诗歌里都得到验证，并被认可。之前的诗歌，姑且不谈。最近他写了一组诗，如《金莲杯》《山海经》等，大出我的意料，颠覆了我固有的印象。以排山倒海、纵横捭阖之势，运用反讽、比拟，穿插历史文献，形成了足够强大的气场，足以颠覆了之前的温情脉脉。可见，一个诗人积聚的力量，如果转变的话，比地震的威力都大，更令人震撼。

我与孙梧有一个共同的痛点，就是父亲于壮年的去世。"父亲"一词古往今来、古今中外早已被众多的名家写了数遍，但每个诗人都会赋予世界另一个不同的父亲。或许，"父亲"一词，意味着一种姓氏、血脉的传承，是乡村赋予我们身上流淌的一部分。

现在已在临沂生活多年的孙梧，常常为我提供去市里落脚驻足的地方。每每他总要管我这个从县城来的人吃饭，以尽地主之谊。在临沂有两个诗人不喝酒，孙梧是其中的一个，而另一个是江非，他早已去了海南。他作为酒桌上的观察者，常常抽着烟，或注视其中的一人，或若有所思。

去年，他出版了新的诗集《青梅煮酒》，从这本书里看到了与之前不一样的一个诗人。孙梧作为诗人，读书甚杂，正史、野史、地方史都在这本诗集里得到一次诗意的转述。诗人写的是历史，却跳出历史，让自己成为一名观察者。有一种说法叫人诗互证，从诗中看人，在这本诗集里，我看到了一个有血有肉、有情怀、有担当的中年形象。

与孙梧认识多年了，终于成了没有"血缘"的兄弟。如果强赋予我们身上的"血缘"的话，那便就是诗歌。诗人都是善良的人，都是活在芸芸人世间的凡人，我们也有着俗人的烦恼，但只要有了诗歌作为一个底线，就差不到哪里。作为诗人的孙梧，就是这样的一个人。

我和辰水生活在两个县城，有着相同的经历，整日奔波在城乡之间，尽管都是曾经在勤劳朴实善良的乡村环境中走向城市的人，以至于满身都带着远离家乡与都市漂泊的灼痛，但老家依旧是灵魂的所在之处，只能借助诗歌为自己疗养。

我比辰水年长几岁，每次见到辰水，我总要拍一下他的肩膀。当然，我并不是抖落肩上的灰尘，而是告诉他，兄弟，我们该去拔茅草了。

辰水的《为茅草立传》可以说，像茅草一样质朴，像泥土一样沉稳，又有独立的思想与灵魂的拷问。我也写乡土，但往往注重的是自然的陈述，而辰水不一样，他一直贴近乡土，感受乡土，了解乡土，用生命用灵魂去领悟乡村，不停地呈现出真实的、朴素的、情感的乡情。

当我们闲坐，性格温和、内敛的辰水更像是邻家大男孩，沉默不语，而不善言谈的他在每一首作品立意、布局时，总能从他的记忆中挖掘出乡下的日常生活，自己去世的父亲，打过的水仗玩过的泥巴，以及雨中的蝙蝠、乡间的咳嗽和茅草，用浑厚的人文情怀给读者诗歌的灵气，给读者潜移默化的心灵滋养，他把情感埋藏在句子里，如泣如诉。就像我们写不完的乡土、说不完的话题。

与辰水同一脉搏

孙梧

辰水：山东临沂市兰陵县人。参加第三十二届青春诗会。著有诗集《辰水诗选》《生死阅读》，诗合集《我们柒》。

孙梧：本名孙晓蒙，山东蒙阴人，中国作家协会会员，主编《诗民刊》。出版诗集《崮乡叙事》《背面》《孙梧诗选》《青梅煮酒》，诗合集《辛卯集》。现居临沂。

淳本&剑客无剑

淳本‖假身

庚子年春，人间大雪，高原蜷缩在西边

据说先是有人唱诗经，然后是佛经，圣经，古兰经

唯独那"关雎关雎"合我胃口

唯独那沙渚边的少年人，白衣宽袖

正适合突然飞到高处

我给你蝴蝶，沙子，拜谒的口实

我帮你买酒

灌醉你，不费吹灰之力

十二月冬至，正月立春，你看我双眼如铁，唇含朱丹

有些故事过于纠缠，来来来

我们简单一点，再简单一点

我腰间缠着发酵过的泥土，

早晚会干涸，早晚会灰飞烟灭

少年人，请离我十步之遥

五步之内，必让你心如枯草

这一生，我唯一要做的，就是以手指月

你赶快往那儿去吧

剑客无剑 ‖ 假身

喝完酒。雪已披身。仿佛我是枯草，树木，野坟，
被一场雪轻轻压着。
人间空无一物。只有普山
远望去，像一枚苦果。
还有遗恨，
待我再举杯，将它饮尽，让这世界更为清白。
各自有名，都无我者。
可我连一个假身，都没有了。
发生过的光阴，落入泥土。是否像落叶
贴着树根、荆棘，慢慢腐朽？
腐烂气息，惶惶度日。
月亮，从树枝上掉下来。
那青年一路骨折，像一个白发苍苍的老父亲。
启示就是
山峦叠翠，古井生苔
青石铺就的路面适合龙爪搁置
白云高过头顶，眉眼流露出无可比拟的烟尘。

关于诗歌的对话

淳本 剑客无剑

淳本：写到今天，在我心里，诗歌依然重要。但这种重要已经不是以前那种狂热痴迷，而是冷静，甚至旁观自己的一种心态。你呢？

剑客无剑：这几年很少写，忙生活。用来学习的时间，更多一些。当然，也不是好学生，边学边忘。但诗歌一直都是自己放不下的一种信仰。对它的理解，比以前要清晰一些，具象一些，系统一些。我始终相信，还有一些更重要的东西，需要表达。这仅仅在"我知道"这个层面上。客观和冷静，当然是必要的。

淳本：你能具体说说你认为现在更重要的东西是什么吗？比如在我来说，现在可能很多感性的东西已经释放得差不多了，理性的层面占比较多。而我需要做的就是将它们重回到感性的表达上来，可又要有智性的光芒。因此，我觉得诗歌对我来说，是一种无穷尽的挖掘和感受。也许此生都无法到达我想要的边界，可我能看到它的方向在哪里，并且很清晰。

剑客无剑：我更看重本性，本源。说到智性，我也喜欢，但又不喜欢。我好像是矛盾的，看似什么都可以接受。文本的过度挖掘，我觉得也不好，因为很容易失真，就是说给别人的感觉不真实。如果是一幕滑稽剧，哪怕他虚无的，观众沉其中，不觉得是那一刻，是一场表演，我觉得那就是成功的。所以，我不太喜欢"接地气"，这个说法。我觉得更多的应该关注生命体验和价值体验。

淳本：我说的"智性"，是一种"慧根"。可能不是你理解的"智性"。至于"挖掘"，我并不是指文本，而是指自己的这种"慧"可以达到什么样的程度。有时，我觉得我是在自己身上做实验，或者说是一种无尽的内观和看见，应该也和你说的生命体验和价值体验类似。

剑客无剑：是的，是的。诗歌应该是自然的。可以有意义，也可以无意义。可以及物的，也可以不及物的。当我们拘束于概念下，或多或少就拘束了自己。所以，我比较讨厌不停地叩问和调教性地说理，以及一些概念化的写作，其实它还是说理。你怎么看？

淳本：我非常赞同诗歌应该是自然的。甚至，所有艺术都是自然的，是自然之神赋予人类的，人类只是传达这些美好事物的载体。所以，我也很讨厌各种概念化的写作，诗歌始终都是在传情达意，要讲理，不如去写论文。说到这里，我得补充我前面说的理性与感性。我所说我的理性层面占比较多，不是说理，而是对事物的认知更通透了些，但依然离至明还太远，所以时不时也会走了神。其实写作者在诗中时，应是空性状态，才能从神那里获取得意忘形之语句。当然，这种"无中生有"是日积月累的结果，毕竟，能够无智常得的天才，世上少有。我还是希望自己在不断学习中开启智慧。最后我用一首禅诗完结这次聊天吧：松下无人一局残，空山松子落棋盘。神仙更有神仙着，毕竟输赢下不完。

淳本：网名淡若春天。黔人，出身书香，以为诗即是生活。

剑客无剑：安徽织网人。偶尔写诗。

丁多青&林荣

丁多青‖洗碑

原谅我，清明之前，我把你丢在夜色里了
原谅我，我不知道清明的雨水那么多
清明之后的早晨，我推门出去，看到你
天并未放晴，雨还在下
你已经在雨水里洗干净了
我带你到野外，种你在泥土里

你开花时，那里有蜂蝶
他们喜欢你娇嫩的颜色

林荣‖蝶飞

——读《洗碑》有感兼致诗人丁多青

碑上的蝴蝶，来自哪里

无意间
她闯入你的视线
那么专注地
望着你
抖动着幻彩般的翅翼

你伸出手
她，又远远地，飞离而去——
像是梦，像是生活，或者，一段经历

关于《洗碑》的对话录：

『我带你到野外，种你在泥土里』

林荣　丁多青

林荣：这首《洗碑》很耐品，我反复读了好几遍，很喜欢，喜欢它营造出来的那种清冷的场景和氛围，有某种无法言传的情感和思绪。关于这首诗，我有三个问题想请问你：

一、你种下一块"碑"，那块"碑"也有春天，这其实是一种心情，是吗？

二、被丢在雨水里的"碑"，又被种在泥土里，这意味着什么呢？

三、"碑"也会开花，这是一个很有新意的写法。在这首诗中，只有题目中提到了"碑"，这个意象的深意在哪里？

丁多青：完整地回答这三个问题，可能需要一篇文章。这里只想笼统地说几句：

一、这首先是一首关于时间的诗。

二、"丢"和"种"只是时间的先后，并不存在矛盾；这里的"碑"首先是一块有形无形的时间之碑。

三、雨是不请自来的，它具有修复功能。

林荣：借由诗行，我们可以不断扩展诗歌思维和思想意识的空间。坦白地说，完全领会一首诗是很难的，那几乎是不可能的事情，但从这首诗里，我能感受到非常复杂的情绪。你用"请原谅"这个词作为诗的首句，在我理解这首诗并不只是一首时间之诗。

还有一点，"雨"这一意象，可以理解为润泽和清洗，同时，这个意象往往也是伤感的象征，而你前面说到的"雨"的修复功能，可以说得更具体一些吗？

丁多青：马塞尔·普鲁斯特在向别人介绍自己的鸿篇巨作《追忆逝水年华》时说：这是一部关于时间的书，由一块小点心引发的对于时间的绵绵无尽的味觉记忆曾经一度在我的心内荡漾。我无法忘记《到灯塔去》的第二章中，弗吉尼亚·伍尔夫带我参观的那个充满破败气息的房间，有一种叫作时间的霉烂的东西在其间静静地流淌，在她极负盛名的短篇小说《墙上的斑点》里，时间被制作成各种形状，活在一个静寂不动者的混乱的意识里。所以，一定要说文学，我们就一定要从时间谈起。时间是一段文字不可抽离的魂。

在传统诗歌里，时间总是出现在伟大诗人响亮的诗句里。比如："时不可兮骤得，聊逍遥兮容与""日月掷人去，有志不获骋""君不见高堂明镜悲白发，朝如青丝暮成雪""故国神游，多情应笑我，早生华发""桃李春风一杯酒，江湖夜雨十年灯"……如果硬是从一首诗里抽出时间的话，一首诗也就分崩离析，荡然无存了。

说真的，时间是这个世界上最令我心动的事物。我记起曾经尝试写过的小说，无不与时间相关。《不可靠的记忆》《今天和昨天》《绿纱窗》《自由颂》……时间游走在我的每一段意识里，凑成了或完整或残缺的无规则的篇章。

真正要解析一首诗和时间的关系，有时候并不容易。但是我既然应了，就粗浅地说说吧。就以《洗碑》为例：

有时候，我们总是被一些问题缠绕：生活是什么，记忆是什么，爱情是什么，人生的意义又是什么……这一连串的问题，总是会猝不及防地袭击我们，让我们手忙脚乱，不知所措。现在，这块"碑"就横在这里，它是什么？它为什么被丢掉又被种下？它和"我"的关系怎样？它的存在，到底意味着什么？

不要强将"碑"的纪念意义带进来，很多时候，碑，就是时间，一种对于往事的凭吊和对于未知的茫然。充分理解"碑"的抽象意义，反躬自省和自我批判。存在于时间中的"碑"给"我"带来了无尽的不愉快的体验，所以，"我"不得不"丢"它于夜色里。没有人会想到"丢"会带来更加煎熬的悲楚。被雨水淋湿的"碑"，或者在雨水里洗尽铅华的"碑"，呈现出与往事完全不同的状态，这种状态是楚楚动人的或者是妖娆清新的。于是，对于"丢"的斩截和无情，"我"开始忏悔，轻声说，"原谅我，原谅我……"

但是，真的不能把丢掉的事物带回来了。比如时间，离开了，就再也无法回头。马前泼水，金盆已覆。张爱玲在《十八春》里喃喃自语，"我们再也回不去了……"

那么，"我"想到了"种碑"，把"碑"种在雨水里，长出柔嫩的颜色，将它交付于自然。"种"不是矫情，而是一种挣脱，一种大度，一种临界于无情和有情之间的从容。应该说，长出柔嫩颜色的"碑"，也许就是一种从俗的"碑"，它注定要在"我"的记忆里被隔离。

"雨水"的出现，具有不可预知性。它纾解了矛盾，却又制造了另一种隔膜。很多时候，我们的人生都泡在雨水里，我们举步维艰而又无所适从，但又不得不一次又一次迈步……

时间带给我们宽广的存在。在时间的维度里，我们必须出现又必定消失。时间可以证明一切又轻易地掩盖一切。对于时间的渴望和无望，一直贯穿于我们的全部人生。所谓爱，只是游离在时间左右若隐若现若即若离的微丝。我们时而需要灵魂，时而依托于身体。可是，我们所谓的爱常常是没有灵魂也没有身体了。困囿我们的自私和粗陋，把我们生命中闪光的部分泯灭了……

在时间里游走的人们，"碑"只是一种记忆，连接着现实的自己与往事。我们可以擦亮和洗干净的那一部分，也许并不是真实。

林荣：你的博学和深刻令我佩服。中外古今，上下贯通，旁征博引，如此恰到好处。更重要的是，你说到的这些也让我加深了对于诗歌写作的认识，事实上，你客观阐述了写作经验的问题，或者我是不是也可以这么说：在写作中，诗人体验到的常常是自己的多重性，甚至是某种意义、某种程度上的分裂性，而这正是一个诗人必须正视且无法回避的。这让我想到了帕斯的句子：

我写作不是为了打发时间

也不是为了使时间复活

写作是为了时间赐我生命和复活

我们在这里一再说到了时间，是的，时间——我们每天必须面对又那么轻易被忽略的一个东西。昨天晚上，我的儿子给我朗读了朱自清二十多岁时写的那篇《匆匆》，那些令人颇有感触的句子或许用在这里正合时宜！

"在逃去如飞的日子里，在千门万户的世界里的我能做些什么呢？只有徘徊罢了，只有匆匆罢了；在八千多日的匆匆里，除徘徊外，又剩些什么呢？过去的日子如轻烟，被微风吹散了，如薄雾，被初阳蒸融了；我留着些什么痕迹呢？我何曾留着像游丝样的痕迹呢？我赤裸裸来到这世界，转眼间也将赤裸裸的回去罢？但不能平的，为什么偏要白白走这一遭啊？

你聪明的，告诉我，我们的日子为什么一去不复返呢？"

是啊，谁能告诉我们，时间去哪儿了？人到中年的我们回头再去审视时间，会蓦然发现，事实上，时间本身在所有的变化和流逝中都是它自己，它一直在那里，不悲不喜。变化的是我们，悲喜的是我们，正如你在诗歌里清洗并种下的那块"碑"，就像一个永居不移的透明体，如如不动，不忧不惧。有所挂碍、有所忧虑的只是我们的那颗心。

你的诗令人在感伤中引发凝重的思考，相比之下，我的这首《蝶飞》就轻了很多哈！见笑了！我有时候就觉得时间就像一只不可碰触、不可捉摸然而又真实存在的蝴蝶，我也在问自己，这只时间之"蝶"来自哪里？她来无影，去无踪，她究竟翩翩然地去了哪里？

"一切有为法，如露亦如电"。是啊，无常才是常，一切不过是梦幻的产物！但值得庆幸的是，因为写作，因为诗，我们还能够在文字中触摸到那块时间之"碑"，那只时间之"蝶"，并看到它春天般的容颜、幻彩般的翅翼……

林荣：河北枣强县人。中国作家协会会员。河北省文艺评论家协会会员。认为写作首先是一种倾听，倾听自己，倾听那些发出光亮的事物。

丁多青：职业教师，现居合肥。

高伟 ‖ 你是我的盲盒中最奇慧的惊艳
—— 写给亲爱的女诗人霜扣儿

我想和你一起去太空出差　看看在太空上
你能念出什么样的词语　或者和你
去游轮上　骑着大海
一起飞　你是个飞行的人
袅娜又执拗　只要有词你就能飞
你的词语抵达之处
鸟儿噤语　你的裙裾飘落之地
百合花闭合

我来到人间　越来越不打算与人来往
你像一颗保龄球撞进了我的心
你是我的盲盒中最奇慧的惊艳
你是诗神向着熵增迷乱的世界
献出的一朵玫瑰
要爱就爱它个伤骨动髓
要恨就恨它个仇深似雪
鲜衣怒马　挥袖天下晓
来世上要做就做这样的玫瑰
相遇多好　你是神灵给我的恩宠
我不那么害怕孤独了
我的沉默和你的沉默碰杯
碰得酒花怒放妖娆奢靡

我惊讶于你的忧伤如此决绝
一钩弯月坐在你端起的杯中
你让词语破裂了
你被词宣布终身孤寂
不孤寂　还会是你吗
扣妹妹　我们早已是囚徒
自从我们是女儿　自从我们委身于词语
用诗歌的方式证明生死哲学题
来世上哪个不是欲望的囚徒
多么幸运呵　我们究竟做了词语的囚徒

深情与绝情 都可以续命

满街漂亮的女人千美一律 可我必须
单独发明出来一个美丽的词语
唯你使用 唯来用你

霜扣儿‖以心知遇，因诗永恒
—— 写给亲爱的青岛女诗人高伟

来一杯酒吧
崂山的风吹得很轻
滴落在你发梢的清露，映照万物的气息
你的诗心在我无垠的梦起处氤氲
你披戴的时光辽阔，深邃
我说来一杯酒吧，余下心念，已无从措辞

相遇多好
倏然跳出天际的闪电
叫人相信浮云浓重时，仍有救赎的光亮
拨动沉浮在人海的深层凉薄
并生长出，一段牵手之路的青绿
那天我有万千辞藻，陷于沉谧
你晶亮的眼眸与星辰相近
一闪，就融化了我面色上的苍茫
及清冷多年的，赤诚与荒芜
那天尘封的烟花充满绽放的渴念
并想婀娜的，搬来一小块温暖的春天

关于命运，我们定义为一场既定的戏码
不容演练，悲欢离合的场景鱼贯而来
文字拿捏我们，也塑造我们
而最终灵魂的释义，将轻如漂萍
姐姐，当千山万水的图像掠过
我们在不同的地域，默默将结局
重合并折叠 —— 生年中的繁华有异
而凋落将是唯一，一切拥挤都化作空空
好在我们愿意以彼此背影
将另一条长途上的风灯打动——

来一杯酒吧
众生芸芸，岔路无尽
崂山的黄昏中，老竹上的叶子微微颤动

21

想必那是我们言笑的回声
以浅醉的模样，在布满古老传说的山中
纵容一次生命内核中的激流

读身心灵之类的哲思书读累了，我就会读一些诗歌。打开霜扣儿送我的诗集，或者去她的微信朋友圈里找她的诗读，心情总会是惊艳的。我总会像去逛文字的奢侈品店一样去读霜扣儿的诗歌。她的诗歌是华丽的。那天我在一个临海的窗前读霜扣儿的诗，太阳光透过有隔断的玻璃窗打进来，落在霜扣儿的文字上，斑驳又肥美。那些文字在纸面上跳动，又慵懒又迷离，蹦蹦跶跶的，按都按不住。我就这么一首一首读下去，一直读到奢靡。

奢靡，这个词语是司马光发明的。司马光说：众人皆以奢靡为荣，吾心独以俭素为美。我承认朴实的文字是好的，但真正华丽的事物也是旖旎的，如果美向我们提供的是惊鸿一瞥，这美丽便是贵气的，是灵性养出来的。因为霜扣儿的文字，我喜欢上了奢靡这个气息，仿佛杨丽萍四肢的舞动，仿佛哈姆雷特戏剧般的提问。我们这些热爱语言的写作者，像抓扑克牌一样抓一手本金一样的词语，然后我们使出浑身解数地组合着词语，像葛朗台热爱他的金币一样小心地豢养着内心的词语库，以便攒出在关键时刻可以亮剑的词语。霜扣儿却和谁都不一样，她手里有好几个大老虎还有好多炸弹的牌势，词语的成色与底牌太富足了，随便出手就会把我们惊得一愣一愣的。词语在她的手中被派遣出来，落实到一首诗中，简直也是词语的享受。

我和霜扣儿的相识也是始于一次诗歌的缘分。2018 年是中国散文诗诞生百年的纪念年份，青岛知名作家王泽群策划编辑一套八册的《中国散文诗一百年大系》，作为向散文诗百年致敬的锦绣礼物。这么庞大规模的散文诗文本，无论从编辑上还是从散文诗出版历史上，这次大系都堪称一次重大实践。从全国各地被选拔出来的八个散文诗人作为八册诗章的编辑，我有幸是其中之一。霜扣儿也因为出色的语言能力而应邀编辑其中的一册。她编辑的那一册叫《云锦人生》，我编辑的那一册叫《挚爱情愫》。为写这一篇文章，我查询了当年的朋友圈，那上面显示 2017 年 4 月 15 日是八位大系编辑第一次见面的日子。霜扣儿从遥远的黑龙江赶来了青岛。

那一天中午，我第一次见到了霜扣儿。霜扣儿是一个一眼千年的美丽女人，这倒不是说她美成赫本那样的五官完美明星似的妖娆女人，但是，她身上独有的那一种诗性气息让人铭记。她瘦，瘦西湖的水那样的瘦。她妖媚，是文字在灵性的生命中浸润清透之后的那种妖媚。那天她穿的是一套驼色系列的套装，驼色衣衫外面是一个披挂着长长流苏的皮质背

读霜扣儿：一直读到奢靡

高伟

心，头上戴着一顶驼色礼帽。她肤白。她属于实打实的骨相美女，五官纤巧秀气，鼻子、眼睛都不算大，但比例和谐，整个面部饱满流畅，面部有留白，不拥挤。她仙。至今为止我见到生命仙气至臻的女诗人，首当其冲的就是霜扣儿。衣袂飘飘，宽大的衣裳里面是她瘦瘦的身体，她的身体里面就是有要人命的诗意的质感。她的诗性没有办法地外溢出来，这样的气息可以轻松地进入到她的精神层面。腹有诗书气自华呀！在霜扣儿身体上得到了货真价实的表达。

霜扣儿的身体和霜扣儿的文字，她们互为成全互为映衬。我几乎没有见过灵魂与身体如此合一的女人的生命。她是被诗歌恩养的女人。她是孤篇横绝的，无论是身体还是文字。

要说霜扣儿的诗有多迷人？列举出她的好诗来，简直太容易了，比滑滑梯还容易。我随手翻开她的诗集，找出两首诗来让大家欣赏：

"生来如此，我总要活在江外的城市/看到深雪处枯枝，念几声独冷的手臂/额外的仁心绊倒过江河/也比影子更单薄。颂词无几。我生来如此/不高歌，也不大声哭泣。在去路看着来路/白与不白没有区别/更多的眼神只给未知……"（《怀》）"就请声线再细一些，勒住腔调里的波澜/就请影子再沉重一些，拖住要飞的人……"（《宛如》）

她的诗有着倔强的辨识性，没有人有能力和她雷同。

霜扣儿和我非常奇妙地对上了眼儿。后来我们说，编辑《中国散文诗一百年大系》还有一个重要的收获，就是我们互相认识了彼此。

4月17日那一天，我和霜扣儿去了中山公园游玩。我们一路走一路聊。霜扣儿是真实的，非常通透和果敢。她的通透和果敢也是仙气的，是天然水晶那般的仙。一开始我们就不保留自己对诗歌和他者的看法，我们通天接地地说。非常奇怪地，我们对说出的东西非常放心，这天然的信任让彼此惊讶。为了"大系"的编辑，霜扣儿又来了青岛一次和大家见面，沟通"大系"的进度。"大系"出版那一天，青岛出版界和文化界为"大系"的完成做了一次像样的庆典活动，我因为那一天在海南采风没有在青岛参加这个活动，非常遗憾没有见到霜扣儿。我们相约，在以后的诗歌采风活动中见面。其实，这样的机会有几次，遗憾的是霜扣儿因为路途太遥远，几次都没有去参加。

其实，我与霜扣儿日常的交往是不是那么频密的。我们都是繁忙写字的人，并不特别地需要话语的倾吐。但只要我们想谈论，随时可以拿起电话或者在微信中，谈所想欲说的一切。是的，是一切，包括我们的私语秘想，一说就止也止不住。好的谈话像是话语诞生出话语，怎么谈都谈不完。我们都不是是非之人，我们也不屑做那样的人。无论我们搁下多久不联系，我们的心都是近的，岁月一点儿也无法改变我们之间的善爱。爱诗爱艺术，让我们都成为越来越好的生命，我们肯定越来越坚强。我们不能辜负诗歌对我们的教养。我们共同成长。这样的成长我们仿佛都能吮吸得到。

我喊霜扣儿"扣妹妹"。我的一部长篇小说，女主人公的名字就叫扣儿。我珍视这个上天给我的妹妹。我喜欢她的奢靡。我喜欢她到奢靡。

高伟：中国作家协会会员，青岛市作家协会副主席。出版诗集、随笔集二十余部。

霜扣儿：黑龙江人。中国作家协会会员。绥化新诗学会副主席，《中国诗人》副主编。著有诗集《你看那落日》《我们都将重逢在遗忘的路上》，散文诗集《虐心时在天堂》，及散文诗集《锦瑟十叠》（五人合集）。

胡亮‖天欲雪
—— 致王家新

在前往独坐山的中途，你忽然叫停了
汽车。河滩上堆满了石头，
像是千万座幽州台。它们不是在等待
拣拾，而是在等待登临！
你驻足于每块石头，与它们交换沧桑；
又注目于不远处的瓦房和柚子树，
与它们交换肺腑。"如果我们还有
眼泪……"当你发出这样的长叹，
双眼就成为涪江的支流。
而涪江的上游，定然就是陈子昂，
或许还有阮籍还有屈原。你走后不过
数日，涪江就进入了枯水期。
那冻僵了的河床，那无处可藏的鱼腥味，
都没有下沉，
而像是被一群悲剧英雄抬升到我的鼻尖。

王家新‖乱石赋，或曰"论美"
—— 再致胡亮

在沿江前往子昂故里的途中，你说我忽然
叫停了司机，是！那一河滩的累累乱石，
那些倒伏的、似乎还在挣扎的
被洪水齐腰冲刷过的树！
我没想到美丽的涪江竟如此凶猛！
我们是来挑拣一些奇异的卵石吗？是，但我们
像是来到一个古战场，转眼就变成了
收尸者，哀悼者。"这完全是大屠杀啊"，是，
但是，难道这里不比"平沙落雁"更美吗？是，
但是我们被允许使用"美"这个字眼吗？
我无法回答自己了。我只是呆立在那里
看那些被兜底翻起的榆树、柳树，不，
那些卖炭翁、琵琶女……不，那些乱世流民中的
东坡、披头散发的阮籍、气喘吁吁的杜甫……
我看着他们，而远处的山坡上依然是一抹黑瓦，
炊烟，青翠的菜地，果实累累的柚子树……
多美啊！是，但是难道美就意味着拉开距离
或向下俯瞰吗？你能回答吗，朋友？当我们
一起呆呆地看着那些深陷在河滩
被冲积的乱石里，无助，而又似乎
永远不再挣扎了的树……

27

如果有人想去看看陈子昂，他的读书台（位于金华山顶），他的埋骨地（位于独坐山麓），我总是乐于主动当一个导游。不仅是陪同，而是尾随。不仅是义务，而是渴望。王家新先生想去看看陈子昂，可以说，不过是对我的再次玉成罢了。

2020 年 11 月 19 日，涪江就要进入枯水期。但是我们知道，"涪江"，上游就是陈子昂，就是从不间断或收缩的某种汹涌。

精神与风骨的汹涌。这类说法并无修辞上的"出奇"，但"出奇"又算得了什么，较之于用空间来克服时间，从而艰难地回溯到那些痛苦而伟大的灵魂？"像杜甫当年那样（如果你能／渡过那些凶险的湍流！）"杜甫之所以要去寻访陈子昂遗踪，小而言之，后者乃是前者祖父杜审言的"密友"，大而言之，后者乃是让前者心有戚戚焉的"儒家英雄"——如果没有记错，这个术语，当是出自宇文所安。

前文的分析，当然有证据，比如杜甫的《陈拾遗故宅》。陈子昂当过右拾遗，相当于副拾遗，杜甫当过左拾遗，相当于正拾遗，都是芝麻大的小官儿。

除了上文已有征引的《谒陈子昂墓》，王家新的近作，还可以再读读《郁达夫故居前》和《雨雪中访平江杜甫墓祠》。从这几件作品，可以清楚看出，诗人总是不惮于这样的"重复书写"："富春江"，流自郁达夫的"笔下"；"汨罗江"及"两岸黑瓦残枫／和飘拂的苇草"，流自杜甫——或屈原——的"诗里"。这样的"重复书写"，乃是修辞上的一再偷懒，却是精神上的多次淬火。技术上的日日新，会不会，诱发精神上的朝三暮四？很多年以前，我与于坚先生，在信中讨论过这个问题。他说，"见过塞尚的作品吗，那看起来真是'伟大的重复'。"

其实，岂止是塞尚、莫奈、凡·高，都通过不厌其烦地"重复书写"，分别建立了"蓝睡莲谱系""麦子与向日葵谱系"。而王家新，众所周知，则建立了"痛苦者与游牧者谱系"——所谓"游牧者"，化用自萨义德的"游牧主义"。

前述种种"谱系"，都是实心的"精神谱系"，而非空壳的"修辞博览会"，故而最终能够"静静航行于另外的时间"。从某种意义上讲，除了屈原、陈子昂和杜甫，除了小半个郁达夫，连诗人在《"解体刚要"》中写到的报废汽车，全都从属于这个"痛苦者与游牧者谱系"。

《谒陈子昂墓》写到的"闪电般的遗骨"，难道不就是《"解体刚要"》写到的"钢铁垃圾"？《雨雪中访平江杜甫墓祠》写到的"针尖似的细雪"，难道不就是《"解体刚要"》写到的"飞雪"？屈原就是陈子昂，陈子昂就是杜甫，杜甫就是报废汽车——这是一个幽灵小分队，所有幽灵，都可以相互替换。

我们还强烈感受到，王家新早已隐秘、谦逊而又骄傲地实现了"叨陪末座"。也就是说，诗人自己，就是那个躲在小分队里面的蒙面幽灵或隐身幽灵。或许还有另外的解读角度：屈原、陈子昂和杜甫也罢，小半个郁达夫也罢，报废汽车也罢，全都是诗人自己的"镜像"。"你的枯眼合上，而泪从我这里涌出"。客体可以主体化，主体可以客体化。这个时候，在我耳边，就不得不响起南宋学者蔡梦弼关于杜甫的断言："虽伤子昂，亦自伤也。"或法国作家福楼拜的金句："包法利夫人，当然就是我。"

王家新近年来的思想动静，似乎，从"西学"转向了"中学"。除了献诗给杜甫，他还研究过雷克思洛斯对杜甫的出色翻译。联想到王家新的早期作品，比如《中国画》，就不能不引发我们的猜疑：这位诗人的文学接受史，先是一部东游记，再是一部西游记，如今又是一部东游记？这个猜疑并没有太大的价值，总体来说，王家新不过是在不断提升"中学"与"西学"的民主性（也就是余光中先生所谓"毛笔"和"钢笔"的民主性）。《中国画》醉心于东方美学趣味，《雨雪中访平江杜甫墓祠》痛心于古代文人厄运。

正是缘于这个显而易见的差异，我宁可把《帕斯捷尔纳克》——也不愿把《中国画》——与《雨雪中访平江杜甫墓祠》归为同类作品。不论是早期，中期，还是近期，王家新均曾多次献诗给西方诗人（尤其是阿克梅主义诗人）。这些西方诗人，毫无疑问，可以一点儿也不违和地列入"痛苦者与游牧者谱系"。甚而至于有必要反过来说，《雨雪中访平江杜甫墓祠》，不过就是《帕斯捷尔纳克》的续集、后传或姊妹篇。《"解体刚要"》就曾有过暗示，"而它的德国造发动机，/人们修理后也许会另有他用，/像是心脏移植。"

且让我暂时抛弃"作者意图"，试错式抛出"读者意图"或"读者想象"——这架"德国造发动机"，就叫"策兰"，或可移植到一架将要抛锚或解体的"国产汽车"？

尽管我对王家新的几首近作和旧作，已有一些臆断，却仍然困惑于《谒陈子昂墓》的结句："他只能永久立在那苍凉的幽州台上了——/那遥远的、断头台一般的/幽州台！"这个斜刺里冲出来的结句，说实话，顿时令我大为吃惊。对陈子昂而言，只有一座"失意台"，在王家新看来，却是一座"断头台"。前者彻悟了生命的有限，后者惊觉了生命的大限。

从"失意台"到"断头台"，此种比喻或联想，堪称"加强比喻"或"超级联想"。在王家新写出《谒陈子昂墓》之前，我已经领教过诗人这种大跨栏一般的方法论。记得当天上午，我们前往独坐山，王家新忽然叫停了汽车—— 我们手足无措地发现了什么？对我而言，只是一个"卵石滩"，在他看来，却是一个"刑场"或"屠宰场"。附近的瓦房，柚子树，还有同行的青年，都见证了他的即兴的"加强比喻"，或即兴的"超级联想"。为什么诗人要大比例增加"幽州台"或"卵石滩"的"悲剧性含量"？难道，他已经把两者都当成了"痛苦者与游牧者谱系"的瘦弱基座？

也许王家新不至于驳斥上文的"过度诠释"，却很有可能会反对下文的"避重就轻"或"声东击西"—— 他在前述作品中呈现出来的凛冽感、挫败感和创伤感，与其说是对历史的"直接的痛定思痛"，不如说是阿克梅主义的"间接的遗产"；与其说是"困境"，不如说是"被压迫妄想症"；与其说是"凭吊"，不如说是"认领"；与其说是"命运"，不如说是"气质"；与其说是不可拒绝的"礼物"，不如说是主动收养的"孤儿"；与其说是代言者的"面具"，不如说是个人的"胎记"；与其说是"诗学的承担"，不如说是"承担的诗学"；与其说是尖锐的"社会学"，不如说是九头牛都拉不回来的"美学"。

这些结论，均非定论。

恰好是在笃信与狐疑的回环往复之间，或许，可以更好地理解下面这个事情。王家新和我登上了金华山，就着两块石碑，读到了杜甫给陈子昂的几首献诗。其中，我是向来推重《陈拾遗故宅》，王家新却转而诵读《冬到金华山观，因得故拾遗陈公学堂遗迹》。两首都是五言古风，前者十联二十行，后者八联十六行。王家新读到后者第十五行，忽然发出了难以自控的赞叹。我跟着他念了几遍，舌苔发苦，齿牙生寒，觉得这行诗果然是好，进而觉得这首诗果然是好。好在情怀，而非章句。《冬到金

华山观，因得故拾遗陈公学堂遗迹》第十五行，其实呢，只有普普通通
五个字——"悲风为我起"……

胡亮：四川蓬溪人。诗人，作家，学者。现居四川遂宁。

王家新：湖北丹江口人。诗人，学者，翻译家。中国人民大学教授。现居北京。

胡茗茗 ‖ 且停亭
—— 兼致顾北

你困在好风景外面多久，你的好时光
与无端焦渴就有多久。头戴荆棘的人
撑开变形的手指，阳光和蜷缩的婴儿
从指缝里漏出来，怎么看怎么惨白
而你并不肯落下指认的手

你无数次模仿亭子里的人，嘴脸上扬
将一盏好茶高举眉心
"这人世不值得鼓足勇气去看"
那边风景越美，你越美，越孤独
可是，每个人心里都有一座
搬不走的且停亭啊，更有一颗
啖茶之心

在茭白与野蜂嘤嘤之上
在李渔与顾北间，在笔架山
与沙沙书写的诗歌里，你始终是个单数
怀揣闪电与针芒
往返在中心与边缘之间

是的
当一座亭子成为一个抒情的中心
你看到四面八方的事物正向它涌来
它始终，虚位以待

顾北 ‖ 且停亭

—— 致诗人胡茗茗

黄金的香味从你手上

倾泻下来

请记住旷野之花

那是一座像梦一样的建筑

在内敛的茶花与冷傲的杉树间

在白云之上

诗歌的声音击溃"那更高贵的怜悯"

我和风一起收起翅膀

我们在一片阴影里容身

明天会下雨吗

且让我停留片刻

会有人将战栗的嘴唇靠向火焰

一匹灰色的寂静走过

赤脚亦有如烟的馨香

当众孤独

顾北

我和胡茗茗真正是"无话不谈"的那种朋友。

没有话，见面也不谈。

好像每次见面都是一个浅浅的拥抱，抿唇微微一笑。

有点"默契"得可怕。

也只是普通好一点儿的朋友而已。

初识胡茗茗是在小鱼儿举办的诗歌论坛。我笔力差，混坛好久才当上诗歌大厅众多版主之一，而胡茗茗刚进坛，"哔哔"两声就当上区域版主。

在我仔细研究她的作品后，直击人心的感觉是：

贵族气、阴郁的美、女人心、文字沉稳有力。

谜一般的诗歌，谜一般的人。

我关注她，利用大厅版主的职权，她的作品一上线，我就飘红、置顶。

她是论坛宠儿，一直到我们大家相继消失于诗歌报论坛。

但我们一直保持联系。

她回到《诗选刊》编辑部，并很快组建了微信版"茗友会诗群"；我回到福州诗人中间，回到"反克诗群"的雏形状态之中。

诗贵在节俭。惜墨如金，欲言又止，修辞手段也是层出不穷，都是为了精练、留白、回味。

或许，正是诗歌具有这样的属性，我在与诗友交往中，总是忌讳那种喋喋不休的絮叨，垃圾般的叙旧。我愿意用一个眼神、用所有人都看不见的"心"，让人感知——哪怕仅是感知部分，意会即可。

我在大型的诗会活动中，感到孤独。

人越多，越孤独。

网友总结说，孤独有十级。我自认为，面对诗友，每次聚会，我总是难以全身心融入，总是有点儿游离大众之外（或是相忘于江湖）。若认级别，该算第五级——一个人去吃火锅。

有一年我们参加北京某位诗人组织的诗会，诗歌研讨、诗朗诵、欢迎晚宴等一系列活动下来，许多人熟悉热络起来，结伴去唱歌会朋友。我却独自跑出去闲逛，虽说在京的朋友乡人不少，却不想打扰他们。记得那天中午一个人在某巷弄吃一份烤鸭，仪式感十足。

事后胡问：你中午在哪吃的饭？我们到处找你。

哈哈，觉得也挺好。

曾有人说，孤独是一个人最昂贵的自由，而热闹是别人的狂欢。
诗人陈小三曾经写过一首著名的孤独诗《一个人去游泳》：一个人去游泳，
像投河，倒过来，一个人去投河，像游泳。太孤独。

这是一种不善言辞的交往方式，而它确实不合时宜地发生在我身上。

细细观察胡，她与其他人的交往（或者说交谈），话也不多。细细柔柔的，
关心的话说得比较多，也仅此而已。
我们从不聊诗歌。
其他人也多半如此。
为什么聊诗？多无趣。

好吧。
那句话怎么说？
平平淡淡才是福！从从容容才是真！
诗人之间交往，互赠诗歌，或者相互唱和，也只是一起喝酒、一起欢聚之
外的一种。当然也是留下"佳话"的一种。

所以，我介绍过我家附近有亭，我命名其且停亭。
就让诗歌读者去凭空想象吧，乌有之乡，存放天地万物运行的真善美。朴
素、深刻、旷远，才是我们唯一可以解释的友情密码。

胡茗茗：文学创作一级作家，中国作家协会会员，河北传媒学院研究生导师。
出版诗集《诗瑜伽》《诗地道》《爆破音》等。

顾北：反克诗社成员。现居福州。 2009 年与友人合作创办反克诗群。多年来
成功组织策划"反克梦想家 24 小时"诗会、"双城诗会"、反克跨年诗会等，
连续三届担任"海子诗歌奖"提名评委。出版诗集《纯银》《狂喜之徒》《读狮
记》等。

黄挺松＆杨四平

黄挺松‖夜卡司：北正街

—— 给杨四平、江飞诸友

往往如是的第二夜。我醉不可支
但星空无梦——它依旧滑动着

在你我同时抵经的头顶：北正街
注定在洗劫它驻留至此的江水

让我们消失于自身吧。一只船陀
步出流荡，难掩话语间的鞭痕

岁月，烟波般驰过你我的两侧
而舌蕾守旧，候场大排档的翻新

酒肉无辜。无辜涉及裹足的风月
当一棵女贞落尽它无畏的花籽

当晨曦醒来：经过你我的北正街
沿途颠簸的光与暗，不再滞碍

杨四平 ‖ 想起那面飘忽的小旗
—— 兼寄黄挺松

坐高铁回青春驿站，
一列火车开在另一列火车里。

窗外风景向后飞逝，
前方就是江城安庆。

老红楼里传来木地板的吱呀声，
充满蓝色多瑙河的调性。

一匹黑马哒哒而来，
几朵玫瑰幽香暗散。

我们举着红色的小旗，
闯进差点殒命的风暴。

我刚想跟你谈谈理想与叛逆，
两列火车已悄然进站。

滔滔两岸诗自流

——与杨四平教授交往记略

黄挺松

人和人，本是平行世界。

记忆在导入未误的轨道：2020 年海子诗歌节，10 月 30 日晚，在海子亦即笔者的老家，安徽省怀宁县县城高河镇。经过下午在会展中心浓烈的开幕式期间隔座挥手简要示意之后，神交已久的我们终于很快坐在了金豪大酒店的同一座包间里。

在座的有我的多年好友，特此回安庆参加盛会的武汉大学荣光启教授；远道的诗友还有幽林石子女士，她的民歌演绎婉转如在耳旁；作陪的还有本帮的诸位诗友……

我做东，自是心甘情愿。

杨四平教授因裹足于几位宿松老乡的邀请，姗姗来迟。诗情勾连，简直奇妙，等他落座，我们居然迅速风雨融洽毫不违和。我的画外音无非是，他是中国诗坛高屋建瓴的资深评论家，我是诗歌文本的实操写手，这两个角色在当今中国的诗歌话语系统里多少有点儿水火不容，天然抵牾。

席后不日，我就恍然大悟：正是海子，及海子朝气锐利而血流铿锵的诗句，牵系了身处四海心在故里的一众人。其中，理所当然地包含了四平和我。当光启清唱起《九月》，过往浪荡的晦暗岁月忽而明亮起来，在枝形吊灯的辉映下，我看到了在场的每一双沉默的眼睛，都在泛动幽深于衷的波澜：
目击众神死亡的草原上野花一片
远在远方的风比远方更远
我的琴声呜咽 泪水全无
我把这远方的远归还草原…….

要知道，就在几小时前的会场，四平还置身在他激情迸溅的讲座《新时代诗歌精品创作漫谈——以海子为例》中……

烟云不散，意犹未尽，话柄自然而然地在我们之间伸展开来，推杯换盏，落花流水。

转眼已是 2023 年 6 月 2 日。我们共同的母校——安庆师范大学，安徽大学红楼二楼的会议室，我们的双手再次紧握在同一片诗意氤氲的空气里。这一次，是为庆祝我当年参与创办于此的白鲸诗社 30 周年。

移步同层角隅的接待室，朗声笑语，追忆似水年华和风流往事，我们仿若窗外的香樟——同干，别枝，而已。

四平虽长期致力于评论建树，但他诗歌文本上的实践不遑多让且渊源不浅，远在中学阶段，不仅自办诗报，还因投稿获识而得到时任《诗刊》主编臧克家老师的亲笔回信鼓励，实属不易和罕见......

诗击中流，人生不过是两岸。但正是诗歌，让我们身驰两端而心抵一处，浪花泼溅，向着同一片蔚蓝大海和辽阔天空，奔腾而来。

宜城两夜，我们在诗歌之缘的感召下已不拘一切，不顾一切，连续于深更半夜来到北正街，畅饮，畅聊。知音难觅，诗意自媒，滔滔江波在槛外流响，皑皑夜色在心中凝结......

四平由宿松而弄潮沪上，我则自怀宁浪迹于昆山，幸有诗歌如天水所赐，让我们能不问来路而殊途同归。再次想起他电光石火的回忆之作《想起那面飘忽的小旗》，冥冥之中怎样唤应了我 1993 年在安庆师大《白鲸》诗报创刊词里写下的句子："旗杆已经高过了所有的天空"。

是呀，青春一旦风暴，心潮迟早澎湃。

黄挺松：安徽怀宁人，《海子诗刊》和《青年诗歌年鉴》副主编，诗歌和译作见于国内外诸多文学期刊。

杨四平：上海外国语大学教授、博士生导师，出版《中国新诗理论批评史论》《跨文化的对话与想象》等十四部著作，主编《福尔摩斯探案全集》六十册、"中外现代诗名家集萃"二十种等。

霍俊明&商震

霍俊明‖在天主教堂避雨

所有的雨在同一天落下

那么多想见的人
我们入人世的雨滴

红色的铁皮屋顶
玻璃窗外的世界

人间的雨落下来
运载世界的屋顶

这么多的人在雨中
那么多的时日在尘世

商震‖在天主教堂避雨

大雨落下
蝉收起聒噪
天地间恢复了安静

大自然的声音
都是天籁
我看到一双巨手
在反复地搓洗人间

人间不过是从一场雨到另一场雨

霍俊明

此时是 8 月 1 日中午，大雨还在下着。几天前，也就是 2023 年 7 月 28 日下午 5 点钟，我与商震按照事先的约定抵达邯郸东站。这一天，对于我这个唐山人来说是一个黑色纪念日，1976 年那场大地震似乎就发生在昨天。此时，邯郸的雨短暂停歇，与见君和青小衣转眼五年不见了，而我上一次到邯郸临漳还是在 2015 年的秋天。

此时，我们站在邯郸的街头，打量越来越高越来越密集的建筑，打量那些车辆和黑稠的人群。内心却一阵恍惚，仿佛此时并不是 2023 年的溽夏，而更像是在两千多年前的赵国邯郸道上，想起岑参的诗句"客从长安来，驱马邯郸道。伤心丛台下，一带生蔓草。"似乎老年廉颇在街边正袒露上身吃着热气腾腾的拽面，而蔺相如在电脑前写一篇政府工作报告的初稿。世事如烟缕，只不过人们穿上不同的衣服，换上不同的面具，使用不同的工具，过上更加匆忙的生活而已。

受台风"杜苏芮"的影响，从北京到河北这几天一直在下雨。四季轮回，时代更迭，看着眼前迷蒙的天空，想想这人间也不过是从一场雨到另一场雨……

雨从北京下到河北，从白天下到黑夜，又从凌晨落到上午、下午。在我的印象里，在河北还很少遇到过这么密集、狂躁的大雨。而我又是一个极其喜欢雨天的人，从童年开始就是如此，一到下雨天心情就格外安静。仿佛一个江南人投胎在北方，而儿子也继承了我这点儿特殊的基因。

7 月 29 日这天上午，邯郸几乎所有的景点因为暴雨预警都关闭了，还好我们能够走在地面泛着水泡的大街上。串城街，回车巷，清代行宫，我都是头一次来，看着一些老建筑以及仿古建筑，还是多少有些新奇感。暴雨的大街上家家门市紧闭，就我们几个诗人在闲逛。雨越来越大，一棵巨大的梧桐也抵挡不了倾泻而下的雨阵。刚好前面是南门里的天主教堂，我们在廊道的棚下避雨，抽烟，发呆。隔着凌霄花的藤蔓以及蒸腾的雨雾，一位年长的阿姨以及一位瘦弱的腿脚不方便的老汉偶尔进出雨中收拾东西。教堂的铁门留着一条缝儿，似乎在等着谁进去。在雨稍小的间隙，我们走进教堂避雨，屋里宽敞，光线很暗，连日降雨使得一切都有发霉的味道。我和商震站在教堂大门口，面孔朝外，身体在昏暗的光线中，外面的雷雨世界却灰白发亮。着实要感谢这些或高或低或新或旧的屋顶，能够让我们避雨，让我们短暂停歇，让我们有了一点儿安闲的时间。

雨总会停止，人们总要重新赶路，重新开始忙碌。我们走出教堂，走进石板路，走进更加喧嚣的河北南部的大雨中。

想一想，人间是从一场雨到另一场雨，我们也不过是尘世的雨滴。在从云端孕育到下坠的过程中我们与其他的雨滴相遇，碰撞，然后加速下坠，砸向山巅、树梢、屋顶、地面。

这时我想到在邯郸串城街看到的一个标语，吃饭并不重要，关键是和谁吃饭。以此类推，写不写诗不重要，关键是和谁一起写诗，把诗写给谁……

霍俊明：诗人、批评家，现任《诗刊》社副主编。

商震：诗人、散文家，现任《当代》杂志、《当代诗歌》执行主编。

金铃子 ‖ 同居：给安琪

金
铃
子
&
安
琪

在合肥，一个漫长的春夜

我和安琪，谈起画

我在狭小的房间

两眼发光，急速地走来走去

重复着说"为什么，我这么厉害？"

此时，她是一个激动的倾听者

我们停止了交流

这个夜晚，她的小眼睛

已经闭上

如此安静

仿佛我们从未说过什么

仿佛万物已经死去

我举起两根手指

试探她的鼻息

终于放下了心

她还活着

这个人和她的词语还活着

安琪‖爱在丽江：给金铃子

爱醉了

凌晨两点，爱踉踉跄跄

跌倒

又爬起在丽江雨水打湿后的青石板路上

爱，爱

爱是今晚的女皇，接受风的掌声

雨的掌声，栀子花无边无际

无边无际的掌声

你太阳般发亮的眼睛被爱看见

你被爱爱上你是幸运的

爱醉了

你醉了，一个被爱充满的人真沉啊！

比夜还沉

我使出了玉龙雪山的力气才能

扶起她爬起又跌倒的身体

爱是丽江今晚的女皇

是你!

随笔

金铃子

余与安琪，相知已逾多年。

然而初见之时，乃是在 2015 年 4 月，参加吴少东先生所主持之肥西桃花诗会。时居安徽肥西桃花镇一宾馆内，我、安琪及舒丹丹三人，相互翻看手机中之画作，交流着绘画心得。余素来不善言辞，唯提及诗与画，则情有独钟，于房中踱步，手背负于身后，"我每次写出自己喜欢的诗画，便会自赞，在房间一边走一边说，我好厉害，好厉害。"她们闻言，大笑不已。

彼时余等虽同行，然不共房。安琪因畏夜深人静，特来与我同处一室。及至就寝之时，彼睡觉过于寂静，感觉生息全无。

余不得不试探其鼻息，遂作诗：
我举起两根手指
试探她的鼻息
终于放下了心
她还活着
这个人和她的词语还活着

在肥西，满街花朵，芬芳之气扑鼻，令人陶醉。照例，各人归来后皆作诗，安琪一出手更是十六章，描绘桃花镇及桃花之美丽与重要性，气韵宛转，意境深远。桃花何曾灿烂？何曾似桃花之灿烂？尔所见桃花灿烂，实为吾癔症之盛开！梦想栖身于一朵桃花之中，梦想为桃花。桃花钉，是桃花钉住骨头，还是骨头钉住桃花？

诗中，安琪在诗中祈求：
桃花神桃花神
请赐我灵感，我一直在电脑前等你
我忍住腰椎间盘突出，忍住感冒，忍住康泰克
最重要的，我忍住瞌睡
却忍不住你的一直忍住

整组诗真诚、坦荡，充满了浓郁的文学气息和感性的思考，让人深深地感受到了桃花的美妙和魅力。

其绘画则以抽象的钢笔画为主，在微信中常常看其精妙之作，皆天马行空，奇思妙想，画乃她另一种表达之诗。画家因学养、阅历、见解及审美不同，

形塑出各自独特之思维方式，在画中成就了差异化之言辞。安琪独特之思维，文人之气息，视角与审美，已成就一幅幅完整之画卷，毫无异议未来会带给我更多惊喜。后余赴北京 798 画展，安琪百忙之中前来观展，回家成文，洋洋洒洒几千字，对余多有赞誉。友人陈家坪赞叹道："安琪，好真诚啊。"

余等后于丽江、镇远再度相聚，每逢相遇，皆有佳作涌现。与良友相聚，得其良言良诗，实为难得之缘。余之珍惜，无以复加。

金铃子：原名蒋信琳，中国作家协会会员。著有《奢华倾城》《曲有误》《越人歌》《金铃子诗书画集》。

安琪：本名黄江嫔，福建漳州人。曾当过教师、文化馆员、编辑等职。著作有《歌·水上红月》《奔跑的栅栏》《任性》《像杜拉斯一样生活》《个人记忆》《轮回碑》等。

墨家&青青塬上

墨家‖小叙述

—— 我正在经过你，带着浓重的生人气味。要交换你的
花香和奶油

1

继续一条 1906，熟悉的广州，给口感定位一个价位
固定地对一个女孩好，直到她远走
每天行走这条街，早餐档老板娘总是堆满笑脸
每天起床说，广州，你摇晃我一下
每天睡觉时说，广州，我摇晃你一下
我被兄弟捅了一刀，情急时我去还了一刀

2

沉默许久，无法看到已经抹去的狼藉
这狼藉便隐藏在我内心。无法从根部真正地快乐
朗姆酒和玛卡酒都激不起人生的性欲
去一回诗歌圈子，去一下健身圈子
满以为的干净一到家就泄气。泡温泉的大叔充满淫邪
看什么都是个道具，深夜出来装作散个步
遇见街坊，彼此问候

3

买点奢侈品提升人生品位。所谓的奢侈是
直至遇见你。莫爱陌生人。你有你的人生宗旨
我对你的好出于无意。只因你看起来就好
我喜欢无邪。像新月挂在朝晨
你是带着露水和雾水遇见的
我其实并不觊觎你的花香。你本身的干净
胜过一切掠过去的过往的，人生滋味

4

我身上开始装着烟。有了之前不愿意的喜好
蓄了胡须，邋遢中带的儒气一定是你所爱的
我会一个人坐在咖啡馆，听忧伤的音乐
所谓等一个人的姿态，在于似等非等
你只爱自己的奶油，不会刻意经过我的楼下

即使在对面，也刻意不看向我的这一边

5
真的不能忍受艰难地爱上之后，需要狠命忘记
咖啡，烈酒，运动，读书，旅行，都不中用。
干瘪的日子
镜子被打碎。我甚至回不到一支烟的本体
失去是可以失去，只是不能把我带走
异木棉快全部落尽了，我的冬天不冷
情绪会让人毁灭。我懒惰。像一只猫

6
再次抵制不明物种的入侵。我被瓦解之前
世界是和美的。所有的本真皆在于不经意
车辆荒芜已久，再也无处可去。你的地方遥不可及
逝去的芳香和方向。我记录这些伤痕
也抹去这些狼藉。都是不穷尽的羞耻
唱着深蓝，向远处奔跑

7
太和北路。我住的地方。花城几乎不见花
这个冬天会比较狼狈。狼狈会计较狼藉这个语项
附近没有疫情，来往者保留着小心思
成年人不再能无话不说。借助酒交几个陪伴的朋友
生活这般闲，连风都很凌乱
你鄙视的这些，我也鄙视。我要走出大来南路
要重新生出毛发，读一些吸血鬼的技能

8
心有所属，心有所念，身有所往。忽而及至此感
时已正午，别无用心的日子。许是不必再赘述
一切已成定论。历史不会重演
我的人类将死在二马路的左边
右边该种植高大的不长叶子的白桦树
我该在每个黄昏都出现在悲哀的河岸
你是一个气泡，只在瓶子打开盖子的那个瞬间

9

那么保持生人勿近。还原成雏菊未开的样子
那时我的手指没沾淡淡烟草味道
牛仔裤舍不得扔。那时天更寒冷，需要另一个人抱着
太和北路一下子会走到头。我们会重走一遍
那时的脾气多么好，连风都不肯随便地刮
我们装成稻草人，挡住了很多飞鸟
爱是丽江今晚的女皇
是你！

青青塬上 ‖ 小叙事
——一个忧伤写字的行者，是独立的。他的孤独虚妄而又美好。

1

写下《浮城》。掩门的刹那月亮挂在树梢
书名被借用的时间
转身回望，满条街的商铺继续沉睡
柏油大马路泛滥冷光
冬月二十，温黄枸橘寥落的永丰河
几只鹈鹕闲闲地
贴水，游

2

清理河道的小船由远而来，
环卫工的志愿色强烈又醒目
他停下自己观望一个专注的人
竹篙不紧不慢。娴熟地下腰，捞舀漂浮物，起网
河道蜿蜒，小船婉转悠扬
那些丢弃的和废弃的，总有该去的地方
"没有裂缝的水流"——
这静谧的绸缎，它经过的城市和行人
丛生各自的繁荣
与清寂

50

3

而水流是水流。鄙视因了卑微，因了尊严
躬身的人仔细剔除体内的锈，污渍，
和不太锋利的芒刺
午后慵懒给足他过滤纷乱与不定
"深爱奶油鲜花的主人一定骄傲，患有洁癖，
并且从不妄自菲薄"
佳山脚下，四月庭院拥有人间清欢
僻静处生长的瑞香
刚刚打了一圈耐看的洋红骨朵

4

时间养人。孤独也是。恍惚有人穿破云层呼叫
朝霞，或者暮霭
绮丽的空旷中，玉骨笛音清越
像苏夫子饕餮生命的美食，边踏浪流放，
边摇晃赤壁江水的月亮
他的天涯，他的海角，他的孤独俯仰天地
而另一个虚妄者
挣脱掣肘的锁链后，拒绝说出
关于疼痛和忧戚的悲伤

5

一棵树无法成为整片森林。
但一个人能够保鲜自己的林木
飞鸟相与还的日子
那么多小野菊张开自己的羽翼，山岚缭绕
走在黄昏的城市孤独中
可能流露的悲哀再也没有理由放任
人世如此繁华，"爱与被爱"都是能力。
叙事人，路上的沉思者——
坐爱寂寥

捡拾或者记录

墨家　青青塬上

题记：对诗歌、写作和阅读，于生活中的行者都有不同感知。有意义，或者无意义，都对自己而言。有时对峙，有时会心，有时不置可否。写着，即好。

墨家：偶尔读一读你的文字，感觉是强大的意识流。

青青塬上：你的生活的确烟火浩瀚，于文字体味。很欣赏那份对生活的细察和悲悯，略略调侃之风却盈满酸甜苦辣。

青青塬上：文本节奏在加快。有两个比较有质量。文字呈现的信息量比较多，特意百度了一下张振勋。一旦由着笔走，文字惯性就显山露水了。其间提到的裹脚布，作为读者倒是有所警醒。谐音的书写很有趣，欣赏诗者的自如和放任。文字得节制、节欲。稍微收一点儿，再展，还是具备有效性的。

墨家：我写作几乎很随意，写了就扔了，既没回头看又不修改，这是对文字的极度不负责任。因俗事多，也只是临屏写两下，网络回帖互动基本没有。因为阅读者的动力，我才有兴致来完成。不匆促地写，尽量有骨有肉的，但要耐嚼就得练练功力了。都在路上，写着就好。

青青塬上：惯性写作习惯了，也太舒服了，但也成了牢笼。很赞成此种观点。

我个人一直在追求陌生差异化的写作，但不幸的是我又陷入了新的牢笼。关于文字，我对自己还是有所要求的。文字写出来，就可以了吗？我讨厌自己重复制造无意义，无意味的写作，但有时候还是在无病呻吟，由着笔写了。不想以制造文字消耗生命，更愿意以创作文字充实自己的生命。（有点儿虚妄，有点儿偏执，有点儿矫情）人的时间，实在是有限的。如果我的文字写出来以后，被他者记忆性地阅读，回味性地阅读，欢喜性地阅读，何尝不是我的快乐？何尝不是我的幸福？在我不在场的时候，我能被人记起，被人期待，这真的让我快乐。

有时候文字有意识地刹车，有意识地慢下笔触，有意识地审视自己的文字，当这种有意识沉淀之后确为自己的写作带来精彩。现实，抒情都得到了有效的挥发和泼洒，很欣赏你诗歌中充满生活质感和意绪的文字。让读者通过文字感知了罗浮山下的城市打拼与感恩以及人世的滋味，还有东南亚的热带风情与离乡人的翘盼和丰盈。比如《七月安生》《炒更》《打冷》那几首叙事性诗歌，区域性写实的呈现。而《桔梗》《猫夏》《近的、远的》这几首琥珀一样的凝与开，读了馨香满口，清凉满夏，别有一番滋味。

而持久地坚持审视和改变是困难的。

墨家：近期大组诗，好像是在一直进入生命觉悟的命题。诗歌除了爱情及生活动向的表述外，神性和佛性大多是在与灵魂相抵触与对接。诗人会遇到一个生命最深刻的诘问和困扰。这可能是直抵人心的生活导向的问题，介入到哲学和诗歌的双向范畴。诗歌创作，虽作如是解，但可能意味渐薄，只能部分体现小我在向精神领域攀登的艰苦路程。

青青塬上：有时候，你的诗歌写得有点儿冷酷，或无望地忧郁。颓废中存有不甘，也是有的。在文字向度上，一边萎靡一边又努力地积极进取。文字的魔力就在于悖论？读到一些你写的亲情诗，你看到的，不一定是上一代人的感受。

生活各有所选，任何人的幸福指数都不是外人所看到的，包括你的至亲。

平凡也有悲欣，平庸没什么不好，总有好的一项吧

平平淡淡才是真。而文字写作者，有时极其拧巴，也许那是内心最深的凝望和审视？

墨家：写诗的人，能够抽离出来。因为无比清晰，所以致敬。

墨家：湖北人居广州。著有诗集《北国有佳人》《火焰》（合集）。

青青塬上：习字者，在路上。鲁迅文学院安徽作家研修班学员。

倾红尘 ‖ 悬浮

倾红尘 ‖ 悬浮
—— 写给成千

但我们还是能够分辨出虚实
但我们还是能够分辨出高低
印刷厂的南风，吹进宿舍的时候
我们还是能够明确油漆的焦味
徒步的半生在一次座谈之后，永久地锁在了行行的诗里
我们还是能够感觉到，与我们所愿想相悖的
时间的力，在暗处积蓄着
我们因而感觉到蜉蝣的一生，早已不属于语言
更不属于在高楼上遥遥看向故乡
假装失眠和发烧，偏头痛
通过药片为一本书合上绚烂的封面
如同现在，福永的秋天异乎别处的秋天
从小食街回来的人，并非提着塑料袋，学会了微笑
在任何一列菜单之上，都能找到一个人的名字
作为被吃食的，生活在一条拥挤的巷子里的我们
抽得出时间到公园中散步，或者喝啤酒吗
于是练习写字，打开一支钢笔的长夜
试图挤压墨水，挤出一个风光了的诗人的称号
就像挤出了她终于答应结婚的那一声"嗯"
挤出父亲藏在无人处的沉沉叹
就像挤出"深圳市文锦路 1006 号，那迎面而来的药水瓶子。"
但我们还是能够分辨出黑白
但我们还是能够分辨出是非
纵使我们在摇摆之中，在不安全的存在中
匆匆地感应，触动，回应，反思，
纵使我们几乎就失去了万有引力
江西的"李"，交错在我们籍贯的罅隙
江西的"李"，被我们用三年级的音色读出来
就在一瞬间，"李"从一个人的名姓，延展到了一片土地
延展到了一些起伏的念头，传播，传染
如同造字的"木"，一个被钉在十字架上的人
而"子"是我们相互唤对方的时候，用英文说"hello"或者用
云南方言说"你好"

那像一道河流的转弯但是被切断了流淌
所以成为一个女人的丈夫和两个孩子的爸爸
就是这样，我们说："赤裸对我们有警示意义。"
所以一无所有，往回回到贫乏和饥寒，
在广袤的人流的物欲里
往前一定就幸福吗？但是，我们卡在中间了
正好 获得不能上前和后退的尴尬
体觉着飞奔的都市节奏，倒映在刚刚安装了实木玻璃
的一家化妆品店的门面上
"复制着一种很可能会突然失去了讯息的文明。"
但我们还是能够分辨出真假
但我们还是能够分辨出得失
如此构成我们卑微的元素
善于从感念里探觉到
万物都在变异啊，为何生活一成不变
为何"我"兀自是"我"的影子
为何"我"兀自是"我"的异乡我们悬空在这个地球上
行，难道是一种怪异的生物
不用空气和水，却能维持着内心的初衷
在沉陷或者再浮起
每一个部位都闪着工业建筑的火花

皿成千‖复数
—— 写给红尘

黄连

疏通水

疏通火

疏通碗

疏通锄头

我已经原谅土地

作了倒插门

种下钢筋水泥

深处可见

桃花潭底里

汪白做地产

李伦搞物流

上辈人低下的头

我这辈子还在素描

言于心声，诗于心音，慨而发之，斯人如苹。和皿成千的认识，其实不是诗的，我一直认为，诗介乎人，但不介乎品，格物见志，才是真。那时候，我从一个诗歌群里看到一个链接，顺藤摸瓜到了北网（北京文艺网，以下简称北网），多年来，写作，实在是一件妙事，至少有三点心得可以称孤道寡，其中之一便是：诗人，既往而自缩，不在壳中则在物外。所以，我的写作是个我的，自发自娱的，陶然兮，颠颠兮，我行我素，但在北网，读了一些作品后，我开始炼。有时候我想，放弃随意就是刻意，当我炼的时候，突然找不到规矩了，自我的尺规一旦被群化，其实炼，也是毁，然后我就停了下来，从回复中看到了皿成千这三个字，后来他告诉我他的来访是推荐的，所以我和他之间至少还有一位共同的好友，文爽。

当时我进入皿成千的主题，却也没有太多的印象，大概感觉到一种涩，从他的作品里透出来，这感觉几乎转移到冲动的钻石（郭金牛）的诗歌里，若非进一步跟读，至少我认识的皿成千和冲动的钻石没有太多区分，然则，如果从诗来说，冲动的钻石的诗有更明朗的诗感，皿成千的诗则更谙于炼，生活的炼，情感的炼，所以他们二人的诗，如果不去深入阅读，一个呈现的性灵和一个呈现的雕镂，同样是鲠。我选择的永远不是诗人，也不是诗歌，我选择品格。品格并非一个抽象的泛词，斯人即在，其品自在，诗不过是薇，采之在野，不在人，只有它适时于他，诗才是诗。因而，皿成千首先是在做人上给我以"非诗"的精神，这可贵，比黄金美玉更可贵，从 2009 年我混迹于诗，到 2012 年我经历于诗，诗给我的过程和成长尤为关键的是给我判断，给我认识，给我区分，给我独立，我时常感喟，自我与诗叨陪辗转，诗凸显人文的那面就被功利化了，诗人在诗的美的背后，于诗互逆的操守无异于背叛，但是，泱泱成群，似乎很少有人能够规避物欲，互联网情感和食色，刊物和自重，奖项和躬耕垄亩，势如水火，莫非天使然，人不趋向名利，则趋向死亡？不趋向真理，则趋向堕落？一系列因诗的疑虑，在皿成千这里，至少保持了纯粹。

只要有那么一点儿，诗就有特质，诗的可读不一定在诗里，诗体格于人，人受觉于作，背离了真善，美俨然杨炼先生所言，血淋淋的。或许，正是这一层暧昧的朦胧，致使很多悲剧在诗外发生，正是这种乔装出来的道德，掩盖了至善，乃至于，挑开一篇诗，一旦窥见诗的制造，我们就看到一个不健全的诗人的嘴脸，邪恶而丑陋的嘴脸。

我于是读皿成千，就像蜗牛读花朵，缓慢抵达的美需要一段漫长的跋涉，皿成干更缓慢，以他的《燃烧者》来说，皿成干才是一只蜗牛，一只在生活底层穷开心的蜗牛，人字拖，啤酒，烧烤摊，工厂，生活等话题，都有舶来的蝴蝶的惊心，所以衡量一只蜗牛的路程就像衡量一个木匠的斧头，期间的善感，多感，偶感……无一不是体谅，作为霓虹的静婉，皿成干把都市读成《诗经》，在强大的现实面前，皿成干游走于庄周的醉生，他无限葡匐，一如舐舐，闲往闲来的游弋纵容他代言自己，抛却悲苦的命运，这是心安的史书，皿成干，其人诠释做人的气度，全在一个"皿"字上。

我和皿成干的诗感也没有达到统一，我们有自己的诗法，这一点，直到现在，还是分歧，只是，倘若不存在分歧，也就没有了进展，这个道理，和水流遭遇悬崖是一样的，和玫瑰长着倒刺是一样的，因为非同，所以求同就变得意义非常，所以我和皿成干都为自己存异，这个异恰恰成为我们诗的空间。因诗是没有友情的，一切情感都必须归属到人，这也是我对杨炼先生的仰止之处，也是因为这个原因，我给皿成干写过一首诗，诗必然要归位在人这个主体上，特别是赠诗，所以我写的皿成干是一个真诗人，我礼敬于这种认可，如果皿成干能够活得再洒脱一点儿，他的"成干"，应该还有一步竿头，他的诗也如此，就目前来说，在古典和现代这个结合上，皿成干还要放开一点儿，丰富一点儿，才有"成万"，但我读到的《少年经》又很不寻常，古典的跌宕在现代间飘花，成年的回溯返回于少年时，《少年经》其实已具备了凡俗的羽化，无论是酌词断句，行吟，复咏，《少年经》的田园气息和现代知觉都和合，哪怕退一步来说，从绝句来看，《少年经》同样有独到的读白，鉴于我在印象化的感受上来说，皿成干的诗，率然如行舟，流江醉饮。

舍外，今年皿成干也交出了一个大系列，《丘陵辞典》，这是系列组诗，早在系列之前，皿成干就写过"灶鸡子把黑夜搅成一窝澈"这样美幻的句子，《丘陵辞典》继续了这样的美幻，是一组在家族历史里抽青的蒜苗，很有劲道，长期往复，皿成干想要写诗意的乡土，正如他说我的飘散，他要构建的诗章，是能呼吸的，有元气的，近距离的，拙朴实在的。写诗应该和做人一样，生活是最大的圆，这样的想法使得，皿成干站在两个端口上，一个端口是都市化，充满物质的繁荣，希望，罪恶和迷失；一个端口是山水的，枯藤，老树，昏鸦，狗吠篱笆下，蜻蜓绕墙飞，通达这两层，皿成干的诗，以诗为接点，分身众乐和独欢，在《丘陵辞典》这个系列，我读到大大的人生，那就是生我者父母也，死我者桑梓也，漂泊回来，还是一阶石台，两碗粗饭，半杯白水。

假如错开极致，势必是梦，皿成千有时候在线上和我打招呼，竟然没有多余的话，我们隔着屏幕，倒似互不相识，那么诗，当我们谈到诗，皿成千才是皿成千，在心的语言世界里，一个不说话的人，要么在阅读，要么在写作，皿成千属于前者，他对生活的谦恭是一种阅读，对婚姻的体面也是一种阅读，所以培养自己的诗感，好像黑，永远是黑，不黑就失去了光明的价值，因而我读到的皿成千，是认真的，朴素的，反映在诗上，他和石头差不多，但是，如果你觉得石头只有跌到水里才有水花的美，那你就错了，贾宝玉那块通灵宝玉本身也是石头，因它的通透，所以是《红楼梦》。而，赋予石以纹饰，则赋予美以不凡，因此皿成千的诗也善于把底里锻得很融润，而平面，又很近人情。拙和秀，在皿成千的诗里，是一个整体，我大致读到过他把蘑菇写成雨伞的，虽然没有隐居的竹笛，清风明月却是有的（《赣州记》）。

活的现实所以叫生活，诗梦的人间，皿成千不是把诗写在字报上，他把诗写在江西，写在深圳，写在一举头的夜阑一低头的烟火，写在平庸的土地上，依据他的诗情操和品德，轻轻拂拭花叶上的尘埃，欸乃，一滴晶莹的雨露从莲台滴落手心，以此观瞻世俗，梦想，命运，生活，情感……诗莫大焉，莫善焉？

倾红尘：本名姚流文，云南人。

皿成千：本名李祚福，江西人暂居深圳，民刊《冒犯》创办人。

孙晶昌 & 陈德胜

孙晶昌 ‖ 时光街

时光街，记下谁的幸福和泪水
那暮色四合的黄昏
黑夜降临后的大地
时光街，会记下谁与谁共度的时光
无法逃离时光的记忆
在时光街，我们诸多的流连
也只是水面的倒影
随深秋的风
在枯黄的树影中漂移
那么多话想说
而突然沉默和失语
在预谋的邂逅里
谁还握着泪水逃避
那个黄昏将时光街照得昏黄而遥远
以至于让我忘记了晚来的寒冷
你走来，与我擦肩而过
连背影也没有留下
时光会让我们遗忘一切
所有的刚刚开始就走向结束

陈德胜‖和《时光街》

所有的街道和时光街相连
它们会一起接纳眼泪或者黄昏

而我看见清水、报纸和钥匙在时光中漂移
我看见孙晶昌、酒和诗歌在时光中逃离

多少年能算作时光？走到多远算作消失？
你和倒影哪个更真实？沉默和失语哪个更清晰？

因为你所遇见的少女已经成熟
她是深秋的风在时光中流连

开始和结束都是这条街的顶点
一次不能同时走过两条时光街

那就让你们紧握风中的指针
在路的两旁种满树和稗草成为时间的刻度

因为在这条街道上有一家制造手表的工厂
看见你们在表盘上一起倾斜着走路

喝酒正式开始

陈德胜

我们正在经历苍老。孙晶昌的《时光街》在前，我写的在随后几年，到了现在快二十年了。

早在 1990 年 11 月我们认识，他从沧州泊头来到石家庄，那个时候他正上高中，现在算来都三十三年了。后来他大学毕业来到了石家庄工作，我们交往从未间断。 他时常跟我冒一句那个时期的电话号码，其他人不知道啥意思。

第一次见面那是秋天，他从泊头到石家庄参加一个诗会，十九岁，小伙子十分腼腆。那个时候参会的人每人交一百元钱。在所有参会的人员当中他年纪最小，我说你还是上学的孩子，就不用交钱了，但是他执意要交钱，当时只收了他五十元，用于当时的住宿、吃饭、租车，苍岩山游览等费用。随后，我们经常通信，现在他还记得，我曾在他写诗的小本子上写着："你的诗歌写作，要注意节制。"现在想来也忘了"节制"啥玩意，想起来有点儿可笑。那次诗会开了好几天，他当时的酒量就已经显现出超越常人。

再过三年，他大学毕业，分配到某省直单位。有一天，他来到我办公室，告诉我今天开工资了，也是人生第一个月的工资，要请我吃饭，我记得是在省博附近的一个川菜馆。那个时候我俩又喝了不少酒。

还有一次是在我的家里，当时还有韩文戈，我们三人喝了三瓶酒，最后都喝多了，我还把晶昌送回家里。当时，他比现在要胖些，几乎是我背着他上了六楼。这些年他喝酒有些减量，喝上半斤八两白酒，就开始喝啤酒。别人掺酒醉得快，他几瓶啤酒下肚，把白酒稀释掉了，越喝越清醒。常说：喝酒正式开始。

他除了写诗以外，还研究民俗、研究内画艺术。我喜欢和他在一起，因为他率性而为、平实质朴、直抒心迹和开怀畅饮。

孙晶昌：诗人、民俗学者，著有民俗及民间文物研究多部。

陈德胜：诗人、艺评人、河北广播电视台编导，著有诗集多部。

汪抒 ‖ 在青海湖边遇到陌生人江不离

环青海湖的南边而行，到了
海晏县境内
突然遇到二十二岁的江不离
他骑着自行车，辐条闪烁
和几个神秘工种的工友一起
与我擦身而过，草甸一直铺到远方的荒山
有牧房孤独而立
他却不认识我，荒凉与青春
集于他一身

然后，牧场便演变成了荒漠和沙丘
这样多变的地形令人惊异
但更让我惊异的是路上又突然遇到
十九岁时的江不离
他才从西宁读书回来，还是骑自行车
比二十二岁时更加瘦弱和腼腆
蔚蓝的波光迷离
青海湖是另一类学校，也许他苦苦想
打开它神秘的大门

汪抒&江不离

江不离‖盛夏，闻汪抒北上西进赴青藏高原考察

听说你已经飞往那个遥远的地方寻诗觅影
我也没有什么特别贵重的礼物

那就把我的蓝天白云送你
把我的雪山送你

那就把我的金银滩湟水河好姑娘送你
连同那回荡的歌声

把我的原子城送你
把我的青海湖连同鸟岛沙山一并送你

把我那一望无际的大草原送你
以及上面低头吃草或扬蹄奔跑的牛羊

请你回帐篷旅馆喝完青稞酒吃完手抓饭
再喝碗浓香的酥油茶

或者把它们一起打包
好好收藏留作永久的纪念吧

请你无论如何不要推托
不要那般客气

今夜在星斗满天的巢湖之滨
一个西北老汉不想别人只关心你

最后顺便再问一句
今晚在海拔三千米以上的高原你穿秋裤了吗

知道江不离本名的人不是很多。其实，江玉平最初的笔名叫江离。因为与浙江一个诗人同名，江玉平便将笔名改为江不离。

草原之子：江不离虽然祖籍山东，但他出生于青海。在青藏高原长大、读书、工作、成婚。青海湖畔那一片美丽的草原，融入他生命中的二十四个年头。

前年去青海旅行，曾路过那片浩阔之地。可惜与行程冲突，无缘踏入。江不离性格中的豪爽与义气，应该是那茫茫的青草所给予。

篆刻家：我有一方江不离赠给我的藏书印，是我生日他送给我的礼品。其实，我与他生日非常接近，同年同月，虽不同日，但也只相差几天。偶尔，诗友们聚在一起，给我们同时弄个生日聚宴。

很长时间，我都不知道江不离擅长篆刻。以前，我一直只知道他热爱书法。在他的书房里，我看到过他临纸挥毫。更看到他送给诗友们的书法作品。

那天生日，他也只说带一件小礼品给我，并未说是什么礼品。直到他来到酒店，大家才看到他掏出那件神秘的物件。人人手中传送着那方他亲手雕刻出的精美藏书印，为其惊讶、惊艳，而不断发出赞叹。至此，至少是圈内人，都知道了他的另一重身份，一个篆刻家，最起码是一个技艺相当不错的业余篆刻家。

酒徒：江不离好饮。酒局上他往往裹挟着一身豪侠之气。这点像山东人，像大西北人。在合肥，这么多年来，我们在一起喝酒，应该不下于几百场。本来我们住的就不远。抵达诗人大都居于合肥东边。后来，他受单位委派，任职他们单位的一个分部。那个分部在合肥郊县的一座山上。他屡屡邀请抵达诗人们去那座山上喝酒。松针、石头、流云、厂房，酒气缭绕，诗意流淌。

由于有在艰苦地方工作的经历，江不离今年已提前退休。他的住所离我只有两站路远，坐地铁瞬间便到。以后在一起共谋"抵达"的时间将会更多。

后现代诗人：江不离一直诗写独特。很难找到第二个与他诗风相近的人。他是超时代前进的一个诗人，很早就一脚跨进后现代主义。他的诗反讽、夸张、变形、碎片化，但呈现的是一个更加真实的世界。虽然认同他诗歌成就的人还不多。

江不离是标杆，是清流。从不为功利而写，这与现在一大帮所谓诗人形

草原之子、篆刻家、酒徒、后现代诗人

汪抒

成鲜明的对照。他只遵照自己的内心和美学、诗学观点。从某种意义上说，他远离那个俗气的诗坛。他不离的是真正的诗歌。

汪抒是教育家，是真正的老师。这一点无可非议。他从教四十余年。

初识汪抒，是在朋友蓼青做东的一个小型酒会上。时间差不多要上溯至2005 年夏季的某日（后经共同回忆，可宽泛地确定为 2005 ~ 2006年间的某天）。从蓼青的介绍中得知，汪抒先生在合肥东边某著名中学教授语文，在国内纯诗人圈子里面较为知名。酒桌上，因为我也号称（冒充）诗人，也就自然而然地与汪抒老师一来二往地频频击杯撞盏、寒暄吹喝起来。老实说，我对年龄相仿、持重有加的汪老师印象颇佳。临场，喝得尽兴。但过后，对这位温文尔雅的中文教授也没怎么惦记，渐渐地，甚而至于有些淡忘了。恕某欠恭。

突然，大约是 2007 年的某一天吧，汪抒竟然主动向我约起稿来！我立马想起该同志，顿时感到受宠之余以致惊恐万状！因为在我，被约稿，是大姑娘上轿！后来知道，汪老师在为他实际主持的一本文学期刊组稿。不久，他果然白纸黑字地在那本文学期刊上刊登了我的组诗习作。

随着交往频率的增加，我们开始对彼此的了解渐渐加深。以至于后来每每在一起胡吃海喝，达到了忘我、无我、非我的崇高境界。胡吃海喝的重要成果之一就是催生了《抵达》诗歌年刊。《抵达》诗刊 2008 年创刊，并连续出刊至今，已出十六卷矣。作为同仁之一，我倍感骄傲。这些年，汪抒率一众抵达兄弟姐妹们上过国内外许多诗报诗刊。大家都由衷地感念。

与汪老师在一起不能不谈酒，不能不喝酒。每次与汪老师等众诗友喝酒，碰上我喝多了，汪老师不是亲自护送我回家，就是托付其他朋友送我。有那么一两次，两三次，汪老师自顾不暇，我竟然把自己喝失联了，惹得老婆连夜在家跺脚蹦高，也连累了汪老师，那是非常抱歉的事。自从那年我因心肌梗死心绞痛冠心病发作做过支架手术后，渐渐被内人和外人褫夺了喝酒抽烟的特权。虽然也曾苦苦挣扎、争取过，然而终于宣告无效。我当然知道人人为我。

我本路盲，路痴。这些年，与汪老师——业余时间他一直担任《抵达》诗刊主编，一起跑印刷厂，或一道奔赴酒场，或共同参加各项文体活动，我从不记路。不是不想记，而是真的记不住。这也成全了汪主编地理科目超好、方向感极强的特长。与老婆一同出门，我也不怎么记路。只有一个人外出时，譬如跑银行，万般无奈之下才硬着头皮勉强记些标志性建筑作为地标。毫不夸张地说，汪老师和我妻子都是我漫漫人生长路上的引路人。

《抵达》十周年刊庆活动在诗人、小说家王运超等朋友的宝地大淮南隆重举行，受汪主编委托，我代表"抵达"全体同仁在活动上致答谢词。这些年，蒙厚爱，我被汪主编委任为抵达社长，出任法定代表人的角色，至今。我常常感到无比惶恐和无限荣耀。

汪老师送走的高中毕业生不计其数。汪老师言传身教潜移默化带出了不少诗坛新人。桃李芬芳，自不待言。包括我本人，都曾在不同场合对汪老师无私不吝地提携、扶掖、影响深表诚挚的谢意。

汪诗数量惊人。汪诗具有令人着迷的叙事力量。我省著名诗人陈先发将其誉为当代放翁。此非虚言。汪抒喜吃鱼。其鱼作多多。汪抒爱旅游。其所经、所过、所到之处，所见之物，几乎都有被他吟咏高歌的幸运。近几年，他几乎跑遍了祖国西北五省区以及江南大部，写下大量纪游诗。

近年，我突然萌生了在喜马拉雅平台制作汪抒有声诗集、传播汪诗的想法，并已开工。目前已经录制并上传二十余集，欢迎朋友们前往观摩指导!

上面拉杂写下这许多言，自知不忍卒读。甚为不安。

汪抒：出版有诗集《初夏的鲸和少女》《苍穹下的身体》等。

江不离：祖籍山东。生于青海。迁居合肥。

王东晓‖我们像分行托举着分行

—— 赠雷黑子

词语的池塘
一个挨着一个的池塘
我们垂钓自己的标点符号
挥舞动词，打捞自由渔网，
在狂想中成长

我们像一条失去体重的句子
失去乌云、黑夜、语法
上升到天空
张大无数双眼睛，
好认领滚烫的星星

王东晓&雷黑子

雷黑子‖孩子们在他的诗行里摘星星

—— 和王东晓

孩子们喜爱的星星

躲在通许小城的眼睛里，闪着

一个词语争艳的夜晚

一位叫东晓的英语老师

在汉语的字里行间，为孩子们

种着梦幻般的星星

他挥舞着投篮的臂膀

讲述着成年人的童话

孩子们摘呀摘，摘得我

情不自禁，老泪纵横

老泪被他，挥舞成两行

抑或是诗与触动

抑或是童心和星星

王东晓

铁道，像极了我们，像极了豫东平原上疾驰的分行。

我与诗人雷黑子的相遇，缘起于诗歌的火车。

仿佛 2018 年 3 月 24 日中午的阳光，全集聚在开封金明池畔，只为开封诗歌界的一次盛会。开封老中青三代诗人集聚一堂，为雷黑子先生的两本新诗集《河脊汀芷》和《风骨指数》而来。

身兼通许县诗歌学会副会长秘书长的我，有幸作为受邀嘉宾，参加了诗人雷黑子先生的新诗集发布会。热爱阅读的人，不难从诗集的书页间，就能读出生活中散落的光阴和市井中喜怒哀乐的故事，以及天空不空的诗意。这两本诗集更吸引我的，是那具有文人风骨的——道之南，道之北。

道南，道北，熟悉的词语，源于我对大学时代深深的追问。只因我的大学时代在商丘这座古城度过。商丘，火车背起来行走的城市，被铁轨一分为二的城市，也是我诗歌启蒙的城。我起初关注诗歌，只因寝室室友"小翠"自称是诗人的好奇心。从此，我对现代诗的理解，多了件在同学面前炫耀的羽毛。

一首诗，唯有脊梁才能站起来，一座城也是如此。

撑起我内心诗歌之城的，是我大三英美文学课，以及当时执教的帅气孟老师。因为他的存在，我们班的男女生，以及整个外语学院的男女生对文学的喜爱变得炽热。当然，也包括我在内。

"接下来，有请通许诗人王东晓，朗读雷黑子的诗《在商丘火车站以西》。"听到主持人的介绍后，我手捧诗集的手，如"一列火车疾驰向东"。仿佛，我正开着诗歌的火车，"一列火车慢滑向西"，左手是铁轨，右手也是铁轨，"一个女人手持洋镐在锛我的脊梁"，向着铁镐奔赴的方向驶去。

诗歌的火车，"尽管很吃力"，像指南针锁定的太阳一样坚定。"羊群还是向南穿过铁路"，它需要跨越分行的围墙。

"我不去想这些事物的目的"，只为走进你诗意的精神王国。"不去想那只羊羔为何还在我的脊梁以北"，成为诗歌的铁轨之上唯一的王。虽然这条诗歌之路很窄，但是雷黑子先生总能侧身通过，顺利抵达诗意的分行和不分行。

2021 年 10 月 30 日上午，开封市散文诗学会成立大会，在市文联五楼会议室举行。市文联党组书记、市作协主席樊城，市作协主席团成员及我市部分作家、诗人参加活动。大会审议通过了开封市散文诗学会章程，雷黑子当选为开封市散文诗学会会长，我有幸当选为秘书长。从此，我们有了不分行的诗意交集。

雷黑子会长在段落间的此岸，和彼岸辛勤地种植金句。他的"铜瓦厢"系列散文诗精品力作，像黄河的最后一道弯，激情，深沉，宁静，旷达，不拘泥于分行的锁链，诗情大气磅礴！我十分欣赏他的诗作。在工作之余，我常在案头书房赏读学习他的诗作。

他在第十一届河南省散文诗学会年会上的发言，可以说是振聋发聩！他说："不分行的诗，就是散文诗！"他的散文诗观，得到了全国著名散文诗诗人李俊功先生和全国著名青年评论家纳兰先生的高度认同和极高评价！我更是认为兑了水的不分行，文字间如果没有诗意的存在，就称不上是散文诗！

因雷黑子先生的邀请，我持外卡参会了首届《中国校园文学》全国教师文学笔会。由于这个善缘，使我与《中国校园文学》这本国字头刊物相知，相识，并结缘。随后，我向《中国校园文学》积极投稿，当选为第二届笔会河南省唯一的教师参会代表，并在 2022 年 8 月有幸参加了《中国校园文学》第二届全国教师文学常德笔会，成为《中国校园文学》的签约作家。

借此次诗意唱和的机会，特写下这篇随笔小文，感念雷黑子先生对我的深情厚爱。

王东晓：本名王夏阳，河南通许人。河南省作家协会会员，《中国校园文学》签约作家。

雷黑子：中国作家协会会员，出版有诗集《河脊汀芷》《风骨指数》，长篇小说《别让老婆上网》《4 天爱》等。

王云起‖与吕游对坐

与你对坐
中间隔一壶清茶
谈天真蓝、树真绿
更可以虚构一场风花雪月
覆盖在朦胧之上
却不谈语言里的平平仄仄

我们共同的顽疾
早在一首诗里悄然开始
生根、发芽
然后
跛着脚
走向远方
听凭岁月的朴刀
依次撩开逐渐结痂的伤口

此时，灶膛里的火
逐渐熄灭
一锅黄粱米饭冒着热气
正在嘎嘎作响
你就坐在我对面
用眼神唤醒
人生沉闷了五百年的醇香

之后，你用文字削减出来柱子
支撑起我虚无的坍塌

王云起＆吕游

吕游 ‖ 与王云起对坐

一座山是安静的，一个人也是
茶水倒流，就是一条小溪潺潺流下
必须先有寒冬，有积雪，有
高处不胜寒的寂寞，抛弃人间杂陈的水
在山巅蜕变，那道彩虹
才会是巨龙阵痛后，留下的躯壳

和一个人对坐，就是和一座山对坐
有人砍柴，走到山中的丛林
有人拜佛，走进山中的寺庙
我只取这山泉水，把心放进去
让一泡茶散发出心香

梅香，兰香，竹香，菊香
都可以，只需和一个人对坐
这些香气，就都在这杯茶里啦

认识吕宏友实属偶然，也应该是一种必然。

2006 年底，我从千里之外的辽沈大地回到故乡，落脚沧州之后，回想漂泊不定的十年苦旅，对这个浮阳古城更增加了几分天真烂漫的幻想。

工作稳定后，首先想到的就是拜见几位闻名已久的文学前辈。经同学宗兆介绍，认识了德高望重的作协何主席和报社几位文学编辑。几经交往，得以熟识了田松林、张步云等令人尊敬的老师，同时也接触到了沧州本土的一些文学刊物。细读《无名文学》《环渤海作家报》《沧州日报》《沧州晚报》等，几位诗人深深刻进我的脑海：吕宏友、祝向宽、王武章、纪坤栋、苗笑阳、孙文强……特别是吕宏友，我对他的诗很有感觉，清新的诗风，柔韧有余的造句，苦涩艰辛的内涵，时时吸引着我认真去研读。

那时我刚刚学会上网，自己没有电脑，晚上下班后去网吧看些诗歌散文一类的作品，充实一下业余生活，权当消遣。偶然间，在查阅吕宏友的诗歌时，发现了他留下的联系方式。毫无悬念，第二天我就把电话打到他的单位，是他同事接的，不巧，他出去办事了。我软磨硬泡地在他同事那里要来他的手机号，约好下午去看他。

那个下午的天气怎样，忘记了。激动忐忑的心情到现在依然记得清晰。我背了个包，里面装了我那段时间写的一千多首诗，骑上自行车兴冲冲地赶到他们单位。

真的应该相信缘分和第六感觉。第一次见面，我们之间没有距离、没有陌生感，好像我们认识是情理之中的一件平常事。依照我的个性，见面先要论个短长，特别是年龄。我们竟然是同龄，然后仔细论过出生月份才知道，他比我小一个月零几天，就这样我们成了"哥们"。

宏友做人实在，几乎不喝酒、不吃牛羊肉，喜欢吃花生米。我们在交往中不断加深着我们的友谊，经常聚在一起谈论诗歌品评人生。通过他，我又认识了一大批文学界的朋友。更重要的是我的诗歌写作在他的指点之下，有了一次历史性的转折。

历史原因造成的居无定所、飘荡游离、故步自封的生活方式，让我的心沉溺于诗歌不能自拔就像吕宏友在对我诗歌的评论中说的一样，像一

吕宏友

王云起

枚包着茧衣的蚕，还没有羽化。我的诗歌写作尚且停留在二十年前的水平上。我确实认可这一点，漂泊中，没有时间精力去上网，我没有办法订阅诗歌刊物，也买不到诗歌现场上公开发行的诗集。随身携带的一本二十世纪八十年代出版的《朦胧诗选》。它陪伴了我差不多二十年。就这样闭门造车地写了二十多年自以为是诗歌的东西。

遇到吕宏友是我一生中最幸运的事。他一语中的击中了我的要害，让我在迷茫中找到了方向。我开始在网络上循序渐进，学习、交流。他帮我申请了博客，教给我怎样管理。同时他又把他身边那些有共同爱好的朋友一一介绍给我。我的眼界开阔了，思想境界也拓展了，思维方式也改变了。在他的鼓励下，报名参加了第三届河北青年诗会，加入了省作协。在文学的道路上，我正努力一步步走下去。

写到这里，忽然就想到著名作家王秀云的一篇评论文章《我坚信吕宏友》。是的，我也是！

吕宏友，现在叫吕游。

王云起：时间是被欲望挤瘪的门

一位诗人。如果他有作品得到专业刊物、社会、专家等多方面的认同，在一定的时间和空间上得以留存，那么他就应该是"诗人"，诗人分"著名""一般""明星"和"大师"。对于王云起，我称呼他"诗人"，他已经觉得我是在骂街了。他写诗歌写了三十多年，直到现在，依然在写，床头一支笔、一张纸、一本诗集，就是业余时间的大部分了。相对于能在诗歌中找到灵魂的居所，诗人的头衔已不重要。

每个诗人都有精神的支撑点，一旦反映在诗歌中，就成了某一具象的事物。王云起的诗歌中反复出现的"卸楼村"就是王云起精神世界里不可或缺的事物，生于斯，长于斯，情感融于斯，这是命运，也是归宿。谁没有这样的一个"故乡"呢！

诗歌创作彰显诗人的个性，作为题材和内容，那个精神的"支撑点"就应该是凸显个性的重要因素，于王云起而言，是卸楼村。

王云起的诗歌里，充斥着农村和城市、过去和未来、白天和黑夜、现实和理想、青春和衰老、善良和丑恶、真实和谎言之间无穷的纠缠，诗歌既不能让彼此和解，也无法让彼此消弭，大凡有思想的人都如此吧，而那些用诗歌当作钥匙的人，又总是陷进这个怪圈里，难以自拔。其实，生活就是在遇到问题——解决问题——再遇到问题中不断前行着，诗人更多是将这种解决问题的过程——心理的变化——以诗人的敏感捕捉到，用诗行记录下，"每向前一步/多么像在木头里拔出一颗钉子"，这是诗人王云起从城市回到农村老家时的感受，唯有真切的家园情怀才可以写出这样的诗句，并在诗歌中感到满足。

王云起这些诗歌大都是用笔记在纸上的东西，就像李贺骑驴边写边记，他总是试图在被生活割碎的时间里，找到缝补内心的工具——是诗歌，这多少有些无奈。

吕游

王云起：河北省作家协会会员，中国诗歌学会会员。

吕游：曾用名吕宏友，河北沧县人。

王志彦 ‖ 衡山，与周维强书

壬寅年初春
你取道四川，溯桃花而上
我驾春风，下太行，过黄河
与你会合于一座"变应玑衡"
"铨德钧物"之山

预言之远不及祝融峰的守望
天穹大地共荣着人间的欢娱
欲见不见的光明之明
让云海给日出让出了另一条道路
方广寺满窗明月
代替不了你喷涌的诗情

在衡山，你放下故土之重
我们对饮，用隐喻托起落日
天柱峰点亮的灯火
淹没了古老的伤痛
你与我，在衡山
都是深醉的星辰

衡山之衡在于敬畏与坦荡
你携月入云
我以酒留白
露珠里显现的只是我们的侧影
沽酒的人，他的灵魂里
只留余黎明
回雁峰是你我唯一的醉歌之处

你用诗与评论作为衡山的
陡峭与丛林
我只是衡山倾斜的朝拜者
酒做的星空反复坠落
慧思和尚引出的"虎跑泉"
是衡山玉石般的镜子

一座山，已无法抵押你的诗情
两杯酒，正搅动群峰的波澜
你我举杯，是盛世相逢
山影、星光、流水、飞花
构成了一段悠然的时光

周维强 ‖ 想起太行山的石头，答王志彦

一块石头，要用多久的打磨
才能变成一粒会发光的石子
要用多久的修行，才能嵌入
一个人的心中，成为心上的钻石

太行山的石头，倔强的石头
不与世俗同流合污的石头
被太行山抬起，呼唤的石头

是的，还是一块
被明月朗照的石头
看上去，有光滑的外表，有棱角的尖叫
却也有一双
会流泪的眼睛

关于新山水诗的对话

王志彦　周维强

周维强：从什么时候开始有"新山水诗"美学概念的形成？迄今为止，已经写了多少山水诗，有何体会？

王志彦：搁笔二十年后，人已中年，对世俗的生活开始厌倦，于2012年后半年触网开始写诗。

此时的诗坛与二十世纪八十年代相比，过于收敛，缺乏激情，事物的诗性逐渐凋敝。

2013年，游历了一些山水后，开始尝试着与大自然建立新的关系。之后，便有了"新山水诗"的写作尝试。

"山水诗"从南北朝时期的谢灵运开始，就已成形。"新山水诗"的概念，在中国新诗百余年的进程中，一直是"模糊"的。从二十一世纪初开始，在胡云昌、陆承、王爱民、邓诗鸿、黑马、辰水、赵洪亮、瘦石别园、苏美晴、右手江南等诗人"征文体"写作的强烈推动下，渐渐衍变成目前"新山水诗"的美学概念与全新文本。

迄今为止，已写了三百余首新山水诗歌，并发表、获奖。

所谓的体会，我觉得有以下几点：

1、诗人必须放逐自己的诗心，纵情于山水之间。要注重文本地理与空间建构的动态过程，重点思考个人与自然、历史、传统的糅合问题。仅仅把新山水诗定义在赞美和讴歌的层面上是不够的，是浅薄的。

2、新山水诗的最高境界应该是"看山不见山，看山还是山"，因此山水诗的创作，要有寓情于山水之间的诗人情怀，把自然与人的命运融会到自我的内心波澜中，让现代山水诗有多层次多角度的美学呈现。

3、在充满现代意识的诗行中要有历史感触、时代精神与肉体温度，要建立与事物平等的关系，这样新山水诗才能拥有长久的生命力，始终与自然、人类同呼吸共命运。

周维强：从你的新山水诗里，我常常能读到一种新的气象，那就是革新的气象，你在创作时是即兴发挥还是冥思苦想？

王志彦：事物更新是自然规律，艺术创新在文明进程中也是必然的。让"新山水诗"有新的气象，一直是我努力的目标。

即兴是缘到了，冥思苦想是十万里朝拜的过程。诗即佛。

周维强：最满意的一首诗是哪一首，创作的过程可否描述一下？

王志彦：目前比较满意的是有关剑门关的一组诗《剑门关诗抄》，著名评论家张德明的评论基本描述了我的创作态度：王志彦的作品怀着真诚的写作态度，写出了诗人在时代中的切肤之感，作品中的自然是双重的自然，诗人如果没有全身心地沉浸于现实自然之中，就很难达成如此精准的以人度物，作者将自己的灵魂化入描写对象，彼此融合，物我两忘。作品除了体现诗人难掩的才情和细腻的诗风，明丽的语句时时闪动着想象的魅力和诗性的坚韧。在那些颇具穿透力的语句中读者可以感受到古典诗歌的灵气和心灵仪式的力量，真实的情感体验和诗人所处的时代环境协调地连缀在一起。

王志彦：其实，按照我的理解，新山水诗是对当下诗歌创作没有重视或者忽视的一种诗歌现象的反叛，那就是让传统美学回归。不知你是否赞同？

周维强：赞同。山水诗古已有之，之所以加上一个"新"字，有创新、革新、从"新"出发抵达真心之意。而非翻新。我们当前生活在一个物质极大丰富的时代，精神生活也变得多元，甚至足不出户，拥有一部手机，刷刷短视频就可以消磨一日。而写诗变得越来越小众，读诗也越来越小众。大众对诗歌美学的理解也变得更为立体和多样层次。这个时候，构建"新山水诗"的美学，实际上是想让诗歌通过介入山水的心灵表达，与更多拥有同样心境的诗读者产生共鸣。山水从古至今一直在那里，如何在精神寄托里注入自己的声音，是新山水诗写者努力的方向。

王志彦：你认为新山水诗还需要在哪些方面有所突破？

周维强：诗歌还是要靠作品说话。同时，每一个诗人都是一个个体，做任何要求都是徒劳。但是从我个人的写作来说，还是希望更多地表达自己心灵的声音，切忌人云亦云，也切忌被山景水景覆盖心灵的声音。有个性化的表达，这样，就能在百花园里绽放自己的花朵，有自己的气味和颜色。

王志彦：新山水诗践行者，山西屯留人。出版诗集《像虚词掉进大海》《孤悬》等。

周维强：结业于浙江文学院青年作家诸暨班。有作品发表于《人民文学》《诗刊》《星星诗刊》《扬子江诗刊》《北京文学》等。

向以鲜&凸凹

向以鲜‖致凸凹

凸凹属虎，我属兔
凸凹住东边的龙泉驿
我有时住南边的红牌楼
有时住西边杜甫曾经
小住过的青城山

凸凹说，他是都江堰人
在更久远荒寒的时代
我们都住在东边的东边
凸凹住万源白沙镇
我住万源聂家岩

那时我们并不认识
凸凹把我的《割玻璃的人》
板书在航天基地的黑板上
我也读过凸凹的
《候鸟》

有一天，我突然为凸凹
想出两句广告语
一时之间不胫而走
"世界真奇妙
因为有凸凹"

凸凹‖额头
—— 给向以鲜

当女人在肚子里怀孕时
以鲜将孕怀进了额头

额头生长的同时那些
黑灿灿令人毛骨悚然的理论
也在额头的后方以及
与额头平行的原野
形而上地
生长起来
眼睛在额下的凹崖
闪着古怪的寒光

当孩子从女人腹部开门走出
割玻璃的人、水果、老虎以及
许许多多智慧的羽翎
也纷纷自以鲜的额头
夺窗而去

对于逃犯
以鲜不屑于囚禁或者
轻轻数落
在逃犯成为英雄的季节
以鲜的额壁薄如纤冰
日新月异

以鲜出门
额头在前方平移下来
以鲜就在这条道路上
疾走如飞

诗肖：老虎与兔子

向以鲜

这是一个有趣的现象：诗歌的生肖和诗人的生肖有时会奇妙地叠合在一起。

凸凹六二年生，属老虎；我是六三年生的，属兔子。老虎凶猛，兔子灵动。两种动物看起来关联甚少，甚或颇有几分冲突存在；但在中国人的生肖世界中，它们却是两种极其亲密的森林伙伴，所谓虎兔同林亦同行。

两个行走的人，偶然或必然的相遇，究其缘由，除生肖的神秘联系之外，尚有诸多因缘。

最显在的理由是，两人里籍均与万源有关。万源乃大巴山中一小城，地处川、陕、渝、鄂交界处。其境夏商为梁州地，周为雍州域，春秋战国属巴国疆土，秦属巴郡宕渠，东汉属益州巴郡宣汉县，唐贞观元年属通州，天宝元年属通川郡宣汉县。五代以降，或属巴州、壁州，时移世易，兴替不断。

两人乃二十世纪六十年代前期生出的种，我生在万源聂家岩，凸凹生在都江堰，长在万源，这是两人的万源之缘。如果万源嫌大，再往小处说，仍有渊源——万源辖有一古镇罗文，正是如同福克纳所说的"邮票那样大小"的小镇，地处达川区与万源之间。这个山水小镇，把两人的情结更紧地系在一起：我的出生地在罗文镇聂家岩村，凸凹少时随父母在罗文卢家山五七干校劳动期间，曾在那里读小学。我在罗文读中学时，曾上卢家山劳动月余。

凸凹在万源写诗工作，其时我的长兄、小说家和钢笔画家向以桦正在万源市文化馆任文学辅导干部。通过大哥的介绍，1987 年去成都时，凸凹至川大与我相见相识。其时我已阅过凸凹的诗，深为《候鸟》所打动。

不久，凸凹来成都出差，与我及徐永相聚于望江公园。之后，凸凹在062 基地通讯员培训班上讲授"中国现代诗演进"，不善板书的凸凹抄写在黑板上的诗竟是拙作《割玻璃的人》！凸凹将我的诗推荐给《巴山文学》"启明星诗卷"刊行。1988 年夏天，凸凹调至《四川航天报》后，常向我约些诗稿并汇来散碎润笔，在那个贫困的年代，不啻雪中送炭。

凸凹于 1993 年春天"下海"经商，与从事宋代文化研究兼写武侠小说的我来往渐稀，各为稻粱谋。2006 年初夏，凸凹在《先锋诗人今何在》一文中，用肯定语式说我尚在四川大学古籍研究所钻研故纸。其实，两人已失去联系多年。

2007 年 3 月，春和景明，凸凹与我在龙泉山桃花诗村再次不期而遇，彼此为对方重新回到诗歌而欣喜。凸凹邀请我参加桃花诗会，面对陈仲义、舒婷、芒克、叶延滨、梁平、杨远宏、李小雨等众诗人、诗评家，我站在邓林中作了一段有关庞德与花朵的发言。

之后，因编《中国乡村诗选》《芙蓉锦江》等，凸凹与我常有手机短信往来。2008 年夏末一个惠风拂面的夜晚，凸凹与我还有诗评家胡亮等人，还在望江公园对面的河畔柳下饮茶叙过。

2009 年元旦节期间的一个傍晚，凸凹手机响起，电话那端传来的竟是另一位失散多年的万源诗歌兄弟、四川省文科状元、北大中文系高才生徐永的声音。当晚，凸凹兴冲冲走进龙泉驿飞鹰运动休闲茶楼时，看见满头大汗的徐永正放下乒乓球拍，笑盈盈向凸凹走来。当徐永告诉凸凹，他还在写诗，只是写得很少时，凸凹笑了。

是啊，在最青春年代诗过了的主，还能不诗吗？

翌日下午，成都新南门兰亭茶楼。二十年未得聚首的三人再次相聚。

著名万源籍书法家胡郁也在场。这次寻常的聚会地名为"兰亭"，当时并未觉得有何道理，回想起来，却颇多暗喻：魏晋的风骨和流觞曲水，是否已注进我们的血液？聚会中，我提出结集出版"三人行"诗集以作永久纪念，凸凹和徐永欣然赞同。这个集子也算是对三人岭断云连、已长达二十多年的诗情交游作一个交代吧。

再回到属相上来说事。

凸凹的老虎和我的兔子，这两种动物似乎与诗歌之间存在着某种命定的脉络。

比如老虎吧，无论是从中国古代诗人吟咏的虎啸，吉卜林的《老虎，老虎》还是博尔赫斯的《老虎的黄金》都可看出老虎这种猛兽与诗歌深刻的关系："当夜晚浸入我的灵魂　我想到的是/那在我诗中呼唤的老虎/是一个符号和阴影构成的老虎/是一堆从书中任选出来的片段/是一行没有生命的、做作的修辞，/而不是那命定的老虎、那致命的珠宝/那在日月星辰变幻下/在孟加拉国和苏门答腊行走/在履行它的爱、青春和死亡轨迹的老虎。"有趣的是，这个集子中我的诗选部分，第一首就是《老虎》。

兔子呢？在中国古代诗作中，很早就为兔子的形象进行了素描：茕茕白兔，东走西顾。显然这是一只悲怆的兔子，它和诗歌的本体是相通的：雪白而孤单，永不停留。厄普代克的"兔子四部曲"第一部《兔子，跑吧》，不知是否受到这首中国古诗的启发？其实，在西方文化中，兔子还代表着旺盛的生命力和创造的灵感，静若古松，动若脱兔，兔子成了一种不羁的象征，成了一种超越凡俗的力量。我曾说过：一个古代的仙女，曾把兔子带到了天上，从此成了月亮的影子。它晶莹而缥缈，透过云朵和森林，洒下斑斑点点的孤独之语。

影子不仅会在黑夜里滋长，也会在思想的白昼蔓延。

（《诗：三人行》后记节选，略有改动）

向以鲜：诗人、随笔作家、四川大学教授。有诗集及著述多部。二十世纪八十年代与同仁先后创办《红旗》《王朝》《天籁》和《象罔》等民间诗刊。

凸凹：本名魏平。诗人、小说家、编剧。著有《蚯蚓之舞》《甑子场》《大三线》《汤汤水命》等书二十余部。编剧有三十集电视连续剧《滚滚血脉》等。

一朵月季把自己推向衰老
它把心事敞开又合上
把到唇边的话又收回
也许有一天，春天过去再也不见
也许有一天，风声过去就再无风声

我看见一个人在雨中奔跑
雨打在他的身上
因急促而发烫的雨滴
在一棵树的年轮里反复复述自身的经历
直到因沉默而生的灯盏置入体内，再一次地擦亮

千千阙歌&鹤冲天

鹤冲天‖寂静有声

风走累了。在紫藤长廊
停下来
我陪她落座。在长椅上
我听得懂风的语言
可以分辨出
哪一声鸟鸣来自苍鹭
哪一声是灰喜鹊

这样，攀谈了一整个下午
她朝我挥手
告别。月亮湖畔
黄色鸢尾花开得热烈

千千阙歌：我记得我们是在田园诗歌群组团写诗的时候才加的好友。之前一直没交流过，在群里也几乎是零互动。

鹤冲天：对，应该是 2021 年。我从 2021 年开始写读诗随笔和简评的。有时间会朗读一部分作品，有自己的也有自己特别喜欢的其他人的。

千千阙歌：个人觉得你的声线比较好，而且对诗的悟性也挺高，包括评诗你做得也很好。

鹤冲天：2018 年 2019 年我写的都比较少，2020 年我只写了一首诗，但是我一直在阅读。那时候你跟雨亭两人的作品经常出现在同一个微刊平台，那时起我就已经开始关注你的诗歌了。最初我读诗目的只有一个，从一些优秀的作品当中学习到一些对自己有用的诗歌创作技巧和经验。你的，包括田法的，也包括水香怡姐姐的，你们的诗歌都是我喜欢的类型。也阅读一些关于写作理论方面的文章，比如大解老师、川石老师，一些前辈的诗歌创作谈。

千千阙歌：我写诗比你早，但是好的作品并不多。

鹤冲天：你已经是一个成熟的作者了。我们都是用文字取暖的人，这话好像是塘诗说的，用文字来温暖自己。至于能不能温暖别人，那就让阅读者去感受吧。就诗歌写作来说，它不同于写小说或写其他文章，关键在一个"真"字。

千千阙歌：你说的这个"真"非常好。譬如人与人之间的真诚相待，所以说写诗也是。

鹤冲天：把一些真实的感受诗意化、艺术化。但它又不完全属于自己，因为它是经过艺术加工的。前辈诗人川石老师讲，评判一首诗歌是不是还算优秀，他总结了六个字"情真、意美、巧思"。

千千阙歌：对，有时候也像自身的一个分身，或一个影子。用眼睛去发现这个世界上存在的美。它就像一朵花，从含苞待放到慢慢地绽开，是一个美妙的过程。诗也是一样。

鹤冲天：所以我很认同一句话，诗歌是存在，而不是去创造。

千千阙歌：是。其实从你的诗歌里可以看出你对生活的热爱和向往，对于一个写作者来说，诗是自然也是必然的。这也许就是诗意生活。

鹤冲天：记得好像有诗人说过，我们一定要微笑着面对苦难。所以我对经历的所有波折，都不会以悲观的角度去把它呈现出来。

诗歌交流随笔

千千阙歌　鹤冲天

千千阙歌：我们回到你刚才写的那一首诗，从这首诗里读到人与人之间那种真诚的友谊，就是你刚才说的，写诗要有"真"。

鹤冲天：今天我写的《寂静有声》也算偶得吧。你写的《寂静有声》让我得到了启发。看到黄色鸢尾花，特意百度了一下，它的花语是友谊永固。

千千阙歌：是的，友谊长存。

千千阙歌：本名闫素玲，河北邯郸人。

鹤冲天：本名王爱军，河北涿州人，独鹿诗社社员，诗歌爱好者。

刘大伟‖对视
—— 给风言

我躺在飘窗的平台上，夜晚
欢迎我的到来
对面楼宇，渐次挑明方形灯孔
像一串不连贯的语言
标明有和无的身份

为了便于对视，暮色层层加重
我从夜晚深藏的选项内
看到星河奔流，天地互文
跃出山顶的明珠塔，宛如一支金色话筒
让更远处的草木白露
说出冷暖和虚实

作为思考者，月亮撩开了厚重面纱
在窗外，在楼宇尖锐的顶部
撕开一个隐约的问号
是你!

刘大伟&风言

风言‖馈赠
—— 致大伟

"咔——嗒"。机械的锤测
沉重如黄昏的拖曳
它将锈蚀的锋利传递给我的手指
以疏离的审慎，将我的生命体征
逐一核实——
登记
顿挫在升起与沉降的倾覆中
等待——
意义的垂临

上一次，我是在什么时候紧握它，举起它之前
打开它
稍纵即逝的留置，付出我无知的尊敬
不可名状之物在我掌中腾空
闪烁，无声攀越
突降的元音削凿词痕——
"非请勿入"的警示
诠释——
锁，是一颗心沉甸甸的凝聚与接力

如期将至的，或许并非我所愿
多少跫音所未曾跋涉的
远如寓言的地方
都是人生落穗——
于无心之处的一份留存
它以紧闭的冷漠藏起了一个海，又以静穆的开启
送走了大地
故去的值守——时光之栅的门环上
醒着的一块铁

年复一年，岁月出借的盈余
像爱的不良资产——

将它高挂，又不断提起
似乎只为这廉价的赞颂而被孤独地留下
以朽腐的耐心——成就纪念对时间
遗忘的甄选
——仿佛它生来如此
——仿佛一切都在，却
永不再来

馈赠与对视

刘大伟

2019 年春，鲁迅文学院第 36 届高研班在现代文学馆内的"新鲁院"开班。除了邀请知名作家诗人和学者来院授课，鲁院延续了这样一个传统——依据学员的创作特长，分出小说、散文、诗歌、影视、编辑和文学评论等小组，由专任导师进行创作辅导。有些学员临时舍弃了自己的专长，选择别的小组，以期在创作方面有所突破。我和山东诗人风言坚定地选择了诗歌。按他的话说，我们是诗歌的圣徒，不会轻易改变对诗歌的态度。

初到鲁院，学员之间是陌生的，有些名字虽然早已知晓，但一时难以和"真身"对应起来。大家上完课就回了寝室，据说都在奋笔疾书，构思"名作"，除了课堂和食堂，少有机会碰面。我从寝室望向窗外，但见文学馆的院子里荷塘映绿、花树吐艳，鸟雀嬉闹于林间，一派欣然。内心不觉慌张起来，连忙讨教有经验的一位兄长，对方叫我不要紧张，带些青稞酒去，作家诗人间的交流自然就开始了。收到来自故乡的青稞酒，我以诗歌小组长的身份（被诗歌组导师临时委任）呼唤本组成员小聚 605，开展一次交流。或许大家都有相同的心情，交流活动顺利开展，彼此的印象由此加深。

印象中的风言是位诗歌"大牛"，来鲁院前已在《人民文学》《诗刊》《花城》等重要刊物发过组诗，来鲁院没几天，又见他在《十月》上发了一大组诗歌，班上同学开始纷纷点赞和转发，并在吃饭时和他热烈讨论着什么。我性格内向，少有言语，在没有和别人熟络起来时，基本上处于独来独往的状态（那次小组交流活动后，情况才有所改变）。

那段时间，风言几乎成了"食堂里的热点"，大家边吃饭边和他互动，他则用爽朗的笑声做着回应，再看他结实的身板、自信的步伐，我从饭桌的侧后方暗自断定，风言是一位特别的诗人。

有一天，风言突然离开那张热闹的饭桌，径直走向我的身旁，跟我感叹青海那个遥远的地方，能出现优秀的歌者和诗人是一件令人期待的事情，他一边感叹着一边坐下来说起最近很火的一位歌手："那个藏族小伙子，他唱的歌里有一种诗情。""可能如此，他的导师不就是一位音乐诗人吗……"不知是我的回应方式，还是我的青海身份暗合了他的某种口味，见我吃完了饭，便建议我们到院子里走走。当时，我从西宁订购的青稞酒还没到北京，但我隐隐感觉自己好像已经收获了一位朋友。

风言说西部是一个遥远但很圣洁的地方，也是容易产生诗情的地方，虽然未曾到过青海，但他根据自己的阅读经验和电视画面中的一些直观印象，写出了一些与青海相关的诗篇。聊天过程中得知，风言是一位在艺术持守和写作伦理方面有着极强自律性的诗人，在诗意的本质探寻方面，有着非常独到的见地和开阔的眼界。

难怪《时代文学》在授予风言 2015 年度诗人奖时，给出了这样的评价："风言用纵横历史与诗的气度，超越性的眼光，诠释出中国诗歌谱系与文化传统中不同的人格范型与生命境遇的意义与价值"。这样的评价应该与诗人多年的写作经验与丰富的人生阅历相吻合，然而风言告诉我，他的诗歌写作起步晚，好在入门后不久，他用"十分沉浸"的方式，迫使自己拥有了扎实而系统的诗歌阅读量，而且快速建立起属于自己的纯正而又严肃的诗学观念，然后以世界一流诗人的创作为参照，努力写出了数量不多但品质过硬的一些诗作。

聊天过程中，风言不仅对当代英语诗歌、法语诗歌、德语诗歌和俄语诗歌作出了整体性的描述和评价，而且对不同语系诗歌之间的差异和影响做出了深度解读，并能如数家珍般说出保罗·策兰、亚当·扎加耶夫斯基、博纳富瓦、布鲁茨基、曼德尔斯塔姆、勒内·夏尔等诸多杰出诗人的创作贡献和诗论观点。虽然我在大学教书，自认为对当代中国文学比较了解，但听了风言关于世界诗歌的这番评述后，顿觉自惭形秽，并为之深深折服。从此，饭后与风言绕行文学馆畅谈诗歌，成了我们雷打不动的习惯。

久而久之，同学们笑称我和风言不论何时何地，"总是在一起"，就连打扫卫生的阿姨，在我们即将离开鲁院的那天也不无遗憾地说："往后，你俩再不可能这样聊天了"。

确实，鲁院结业后，风言开车直奔山东临沂，我也回到了我的青藏高原。虽然难以见面，但我们的微信联络不曾中断。每隔一段时间，风言总会打来电话，问我读博进展如何。听出我略带忐忑的语气，他会哈哈大笑起来，鼓励我好好读书，有余力再写点儿诗文。言语之间，如同兄长。一有新作，他也会转发给我，希望听到我的阅读感受。我也十分珍惜这份建立在友谊基础之上的信任，认真读完，及时做出"带有青草味的回应"。

《馈赠》和《对视》当属我们诗歌交流之路上的唱和之作，从风言兄对"无可名状之物"的描摹与掂量中，我读出了时间的无力感、生活的沉重感和意义的空无感，生活中所有的已知与未知、得到与失去、悲与喜、轻与重……都蕴含其中，当机械的锤测与心灵的铜锁形成精神意义上的对峙与互构时，生命中不可或缺之重与精神上不能承受之轻，也在清晰与模糊的边缘构筑起"此在"的现场。故此，风言兄"馈赠"我的是疑惑的花朵、结实的籽粒和深远的根植，在我眼中，那是一道关于生命寓言的多维风景。因此，我以"对视"之姿，告诉风言心中那个"隐约的问号"，并期待"远处的草木白露"兄弟般对我说出所有的"冷暖和虚实"。

我相信，此时山东与青海的距离，除了奔涌而去的黄河能够说得上，还有超出唱和本意的短诗两行。

刘大伟：中国作家协会会员。出版诗集《雪落林川》《低翔》，文化散文集《凝眸青海道》。

风言：本名石运都，中国作家协会会员。

金小杰‖抒怀

有人想去远方
走遍名山大川
有人收拾着行囊
要去盆地、高原……
我只想折身回乡下
带一批学生
从一年级开始
一撇一捺
日日夜夜，用六年
看他们一点点地长大
如果非要说出一点变化
校门口的那两株玉兰
又粗了一点

金小杰&刘成爱

刘成爱 ‖ 山村小学校

从崮山小学到石桥小学
再到两目山下的祝沟小学
我的脚步经历了很多
已经走过了三十七个春秋
还要经历很多苦难
譬如刚刚远去的疾病
当然还要经历喜悦甘甜
余生的福祉和天伦之乐

这些山村小学校
为每个人铺就命运之路
把梦想装进信封寄给远方
留下挺拔的白杨和小花
留下昂扬的文字和往事
留下鸟鸣和琅琅的读书声
我这样魂牵梦绕地惦记
一次次地远离，又回来

估算起来，我和刘成爱先生认识已有七年，这个时间也和我的工龄恰好契合。

其实，世间哪里有那么多恰好，只不过是大学毕业后我刚回家乡，故乡的一根橄榄枝就递给了我，而刘成爱先生便是那个一手赠"地图"，一手递橄榄枝的人。

话还要从七年前说起。

那是一个炎热的夏天，我刚从鲁西南的一个大学毕业，也刚刚利用大四下半学期的时间考录了老家的编制，但排名并不是很好，只能选择乡村小学任教。二十出头的我对于一眼看到头的生活毫无兴趣，抱着试试看的心态，入职了本地的一所乡村小学。

乡村小学的生活并没有想象的那般精彩，日复一日的教学，狭小的人际交往圈，这让自由习惯了的我有了很多的不适应。想离开，想重新出去闯荡，想看遍山川大海，这些念头开始一日一日茂盛的时候，我在春泥诗社遇见了刘成爱先生。

那是 2016 年，春泥诗社主办了一次声势浩大的诗歌盛会，我作为一名极普通的社员，参与其中。诗会期间，不断听身边的人说"大爱社长""复社"这些词语，后来这些零星的词语拼凑起一个完整的片段：刘成爱先生热心地策划了一系列活动，让创建于 1984 年 10 月的春泥诗社重新焕发活力，并在全国率先提出了"乡村诗歌"的概念。

几天的活动结束，让我感受到这片土地的诗意，让我感受到一个人对诗歌事业的热心。后面的日子，我开始跟着诗社零零散散地"打酱油"。本地大大小小的活动参加多了，与刘成爱先生的接触便多了起来。他更像是一位睿智的长者，偶尔会不经意间地点拨。

二十出头的我初入社会，带着一股初生牛犊不畏虎的冲劲，闯了不少祸。也有可能是大学时期读的书籍太多，想法也与同龄人略微不同，也有可能是骨子里的脾气所致，不甘心梅针穿透鼻子，用看不见的绳子把自己圈住。对于"入世"，我报以白眼和不屑。也正是在诗社这段日子，我看到刘成爱先生亲自俯下身子，为了诗社的发展奔走劳累，为了赞助的到位车马劳顿，也看到了一场大型活动背后热心人付出的人力、物力。所有的理想都建立在现实的基础上，我开始反省、学习，泥土的质朴擦去了我身上的浮躁。

在诗社的这些日子，我一直跟在刘成爱先生的身后，从东张西望的小毛头，也逐渐长成了脚踏实地的大人。不入世，怎能出世？眼前的脚印清晰坚定，带着诗意和现实交织的光芒。现在的我又能做些什么呢？当然是小跑几步，紧跟其后。

金小杰：山东省作家协会会员，作品常见《中国诗歌》《山东文学》《星星》等。

刘成爱：中国作家协会会员，春泥诗社创始人。出版诗集《丰收的余数》《刘成爱的诗》。

李灿‖旧的树木

木质的姐姐长着一副
树木的模样
散发出松香和柏树叶
的味道
躺在情人的怀里
敞开衣裳，小声哭

她哼的不叫小夜曲
她的心黑黑的，长出一个个
黑黑的小疙瘩
落雨的时候，她推翻了病毒的
发展简史

姐姐的翅膀旧了
羽毛和纽扣旧了
姐姐的嘴唇裂开了
从一个甜蜜的新娘
成长为一个迟钝的傻子

姐姐被晒成一个黑姑娘了
我越来越对她充满了妒忌了
清晨和傍晚，她望着远方的屋顶
像极了故乡的杏树
还让人想起湖水的荡漾
姐姐跳舞的样子
多么像和另一个人一起雀跃

姐姐黑黑的皮肤
布满疑云，也闪着光亮
心肠硬下来的时候
树木的叶子发慌
她的情绪泛黄
等待秋天降温
就已经十个年头

李灿&江菲

江非‖黑姑娘

黑姑娘，你和你的黑小子
你们边跳绳边唱歌
唱给可怜的绳子听

黑姑娘，你跳舞，跳悬崖
为什么跳不过狂风和暴雨
雨打在你的额头上
风跑得比你还快

黑姑娘，有人的时候
你的门开着
没人的时候，你门口的羊就饿死了

从前你是个好医生
用草药来给人治病

黑姑娘，后来你是个病人
整天在吃草

草吃不完了，就让它长着
草跟着坟墓去过冬

黑姑娘，你的家乡好热
你的嘴唇好冷

你的黑小子们在跳舞
他们边跳舞边唱歌
唱给可怜的膝盖听

黑姑娘，山下的路又修通了
修好了，你就去埋上新的地雷

黑姑娘，你一个人悄悄地坐到山顶上
等着你的黑小子来触雷

黑姑娘，你的衣服不够
你的时间真多，你的泪水不够
你的奶水真多

黑姑娘，你和你的黑小子们
你们今晚在跳舞

你们边跳舞边唱歌
唱给那些可怜的右腿听

用诗歌对话

李灿

大概是 2000 年后，许多诗人开始流连在网络，读诗、写诗，借此磨炼技艺，涤荡精神和灵魂。大家摒弃地域差异，忘却身份的不同，大胆地发表自己的言论，以此促进交流。那时我刚二十多岁，也进入多个论坛担任评手、版主，由于热爱投入了大量的时间精力，写出的诗歌不知不觉产生了质的变化，于是更加狂热地投身其中。

与此同时，以前在杂志上认识的诗人，有一天发现他开了博客，或在论坛中遇上，并以此为切入口，进行了多种诗歌对话。江非也是如此。杂志上的他略低着头，微微有些腼腆的模样，最开始的时候，我以为他就是照片和诗歌中的形象。记得有好多次，发纸条，发短信，QQ聊诗，回复得很诚恳。我记得有次说起老家，野地里有老鼠，父亲在地上走一圈，然后老鼠就消失了，很神奇……他说他们老家也有这样的事情……聊天话题很广泛。

谈诗。比如谈我写出的某首诗好在"直接"，又说我某首诗的"进入"已经失败了，然后又让我以评诗论诗的方式来验证朋友的真伪。我谈起在论坛给别人写评甚至给一位诗友写序言的经历，他笑我真有胆量，说自己就不敢。然后指出我写的某些文字里没有涉及实质性的内容，凡此种种。

"深刻就是普遍"，江非特别强调了这一点。

当时我是老家的一名小学老师，他告诉我"可以做生活的敌人，但不要做生活的旁观者"，认为我的诗歌中很少看到周围的一切。又说："你回忆一下，谁提过你的缺点，你把这个缺点放大，写到极致，你就成功了。"

那个时候，我极度的企图心、渴望写出好诗的心态，别人一眼可洞穿。我记得后来从博客给他发过纸条，专门询问关于"把缺点写到极致"的问题，他是怎么回答的，由于时间过得太久，随着博客功能的关闭，已无从查起。

2008 年初春，《写给项羽的十一封情书》出世，我在严寒里，抱着火炉子写诗，在一些诗句里，江非就是那个清晨路过成都的人。

2010 年夏天，我准备离开故土，到一个新的地方工作和生活。此时在遥远的海南澄迈，诗人江非担任《金沙文艺》的执行主编，给我寄来了他的新诗集《独角兽》和一本崭新的杂志。第一次见到了他的手写体。

两首诗歌就写于我到新单位报到之后的一周之内，我借用文化馆馆长办公室电脑，写下了《旧的树木》，江非在一两天之后回了我一首诗。他说："你写了诗，我理应回礼。"

总的来说，江非作为一位诗歌的先行者，在我的诗歌书写进入动荡期的一段时间，与他的对话，让我受益匪浅。直到某一天，我发现我的几十首诗歌，被他选入了他的另一个选诗的博客。他也在文章里提到了我的名字，并列举了几首我探索写作的试验性诗歌，提出展望和期待。在私下交流时，他说我的《墨尔本》等诗写得极有张力，就像这样写。

《黑姑娘》的抒情方式，与我的《墨尔本》极似。

李灿：成都文学院签约作家，中诗网首届签约作家，成都市作协全委会委员，《四川诗歌》编辑，新津区作协副主席。著有诗集《桃花流年》《桃色三千丈》《布景者》《星星的村落》《我的女命 我的大唐》五部。

江非：山东临沂人，现居海南。著有诗集《自然与时日》《泥与土》《传记的秋日书写格式》《一只蚂蚁上路了》等十部。

翁梵雪&彦柔

翁梵雪‖野菊花，它拉你的头发
——致彦柔

野菊花，它拉你的头发
上升的是光，
是太阳，你不是因为疾病、忧郁而开放。

野菊花，一朵金色的小花就是一个灯盏
许多金色的小花环绕就是无数火把和光。

野菊花，今晚你的小手抱头入睡
我搂着爱情，你搂着月亮，
它拉你的头发，上升的是光。

彦柔‖春天在蝴蝶的翅膀上飞翔

—— 和梵雪

因为失败
我一直沮丧
垂头背负石头
罪行人间

一只斑斓的蝴蝶
在空中大笑
引得我仰首
浸入阳光

山谷的水哗哗流淌
鸟儿们的合唱
蝴蝶在绝壁上
举办画展

许多星星前来观赏
萤火虫家族点亮黑暗
华丽的夜晚
弥散暗夜芬芳

风吹来夏凉与荷香
心如莲花绽放
一只蝴蝶
梦幻着美好的梦幻

从青萍出发穿过秋叶
冰凌扑打的飞雪
春天在蝴蝶的翅膀上
飞翔

彦柔与翁梵雪相识于北京诗人沙龙

彦柔

2016 年，我创办十七年的公司运作失败，倒在了黎明前。

我的身体健康也遭受重创，元气大伤，患上抑郁症。遂关闭公司，修养身心。但是一直走不出呕心沥血、几度辉煌的事业轰然坍塌的阴影，以泪洗面的同时开始学习写诗。虽然也写过几首自然诗，但都未入现代诗之门。后经诗人魏克老师不厌其烦的耐心指导，我才一步步学习到一些创作现代诗的技巧，先后写了二三百首现代诗，其中自己比较满意的有十首左右，如《思绪》《纸上的风暴》《时空》《眼泪顺着阳光缓缓落下》等，大多网上能搜到。但这些诗的基调都是沉郁、灰色的，一如我悲伤、落寞的心情。

今年，香港诗评家姜丰先生经常点评、鼓励我的现代诗作品，对我很有帮助，当然，最早，我在家乡还有一位诗歌启蒙老师—— 安徽池州作家协会副主席方乾先生。

所喜近日，姜丰老师将我邀入北京诗歌沙龙，我第一次进入专业诗歌圈子，发现大咖云集，佳作频现，好几天我大气都不敢出，水下适应了一周，决定壮胆冒泡，发了一首新写的诗作《灰烬》，居然得到了一位影视导演的好评："意象丰富，内涵深远，借古喻今，好诗"。我像被打了鸡血，兴奋起来，开始不知天高地厚地在群里发诗，还对现代诗歌的弊端大放厥词。可能我跳得比较频繁，引起了一个人的注意，他就是被我称为少年天才的翁梵雪，他说被神摁住小手指加了我微信。我们开始聊诗，熟悉后不光聊诗还聊天，才发现，我们俩居然都是北大游击队成员，我 1999 年在北大光华进修过一年 EMBA 核心课程，他在北大浸泡了四年，在北大比较文学跨学科所系统学习，结识了很多大师级教授、学者，经历了很传奇的人生。我开始以为他吹牛，不太想理他，心想你一个接近 90 后的人，哪来那么传奇的经历？而且烫个翻毛卷，戴副眼镜，瘦骨嶙峋，不太正常的样子。

可没想到他发在群里的诗歌让我眼前一亮，太有灵性、太轻盈、梦幻了，读了感觉身心愉悦，我很羡慕他的创作风格，便开始向他请教，才惊讶于原来他知识非常渊博，古今中外大师级诗人名字和作品信手拈来，而且他很会话疗，引导我诗歌要抒发快乐，让我从悲伤中走出来，给过去封印，向前看，永远朝向太阳。还为我写了一首诗《野菊花，它拉你的头发》，我也和了一首《春天在蝴蝶的翅膀上飞翔》。

他岁数比我小很多，学问却比我大很多，心胸比我开阔很多，从他那里我不仅学到了现代诗的写作技巧，还受他的感染和引导渐渐走出黑暗，迈向快乐和光明。

我叫他天才少年，他叫我柔师姐，感谢现代诗让我们成为忘年交。

翁梵雪：山东兖州人，业余时间从事现代诗歌以及散文、小说等创作。

彦柔（纪燕萍）：当代诗人，创作诗歌二百余首。

杨铁军&孔令剑

杨铁军‖丁酉年春回乡即景之四

看到了你我才理解
深深的孤独，虽然历代有人
埋在周围，满面黄土
盖不住他们受苦的皱纹。
依然是你九曲十八弯
不减分毫。昨日宛然今朝。

孔令剑 ‖ 在大禹渡看黄河有感

看到你我才理解滔滔
历史终究是平静
九曲十八弯也无非天地间
某又某的临摹挥毫
脚下默默黄土，用命运命名你
不舍昼夜。明日还看今朝

和令剑的对谈

杨铁军

杨铁军：如果用一个词来概括你的诗学，你会选择哪个词？为什么？

孔令剑：目前来说，我会选择一个字：光。光的诗学。在第三本诗集《光的弹奏》的后记中我已略微表明了心迹。我想，不管是个人，还是某个群体，还是我们的国家和民族，保有希望和梦想是至关重要的，是方向，也是动力的源泉，所以我十分赞同"今天真正诗人的任务，是创建一种新的希望"这一说法。而且，这和我的写作道路奇妙地吻合，也遵从了我内心深处的某种声音。

杨铁军：我注意到你经常会把"水"和"光"联系起来，我感觉两者的混响，或者说交响，是你的诗学的核心。你在《窗前观雨》里说"从天而降的雨的竖琴……闪着白光"，如果说水和光是弦乐，你在这个交响乐里还夹杂了打击乐，比如《光的弹奏》里的工地里的"铁锤"，小商贩和街市里的人声，最常出现的还有"梦"的变调，那么这样的诗学想象是怎样"炼"成的，你的诗学渊源都有哪些？你想在自己的诗歌里达到什么样的理想境界？

孔令剑：水和光的合体有没有达到核心还不好说。如果这一点算作我诗学想象的一部分，我想主要来源于中国文化的塑造，"水"与"光"对我们来说基本是血液般的存在。另外，就是我对西方哲学、诗学的迷恋，之前在一首名为《世界的尺度》的诗中，我们把它们同时作为了构成"世界"的基本"元素"。在我近年的诗歌写作中，我一直想达到一种"天人合一"的理想境界，其中人的方面，有情思和语言的合一。我时常感到，在写作的时候，语言不是完成的工具，而是一种有形的阻碍。一首诗的内部要合一，在面对读者时，也要实现作者和读者尽量通畅地交流。

杨铁军：中国的传统诗学有"痛苦出诗人"的说法，我注意到你在自己的诗歌里对生活有不一样的理解，这肯定是有意识的选择，你对生活的理解似乎是一种平静中的"惊异"，有一种顿悟式的安然和"美"的慰藉，你和世界的关系基本处于一种和解的状态，在某种意义上说，接近于爱尔兰诗人希尼的晚年诗作中的那种平和，换句话说，你诗中的说话者是小于生活的，而不是大于生活的，有点儿像"半神"，一方面，承认并忍受人世间的苦难，接受生命的本来面目，另一方面，还有一个半空中的"悲悯"，但又不是高高在上的造物主的"以万物为刍狗"，这个位置感我觉得很独特，很可贵，但并不一定符合当下诗坛的"主流"期待，你是怎么考虑这个问题的？

孔令剑：是的，同样在《世界的尺度》中，我把世界的形态归结为"最终的平和"，这里面就包含了和世界本身的"对抗"与"和解"。写作中，面对一个题材，或者干脆是"问题"，我会不停辨析、追问，直到达到一种暂时的和解。在这个层面，从我们中国文化的精神来说，我不会成为诗坛的"主流"，虽然我很期待。

杨铁军：你可以回顾一下你的诗歌道路吗？"欲穷千里目，更上一层楼"，人其实永远处于自己人生的最高楼，那么更上的这一层楼你认为会在哪里？

孔令剑：我正式开始诗歌写作，是成为《山西文学》的诗歌编辑之后，刚开始是出于工作职责，久而久之，就成了我的本能和志向。随后如何继续攀登，我想大概仍是立足于当下，面向未来，到我们的历史文化、精神脉络中找来路，创造性转化，创新性发展。

杨铁军：我们都是山西人，山西五千年的文明史太过厚重，但是我们似乎并没有从璨若群星的乡贤学到什么，也似乎没有感到过压力。你心目中有过一个你想私下与之对话的人物吗？你的传统观是怎样的？

孔令剑：我的父母都不是山西人，我也仅仅出生和短暂生活于绛县，所以一直以来，我感觉自己一直在一种无根的飘荡中。这个咱们有共同性。所以，没有什么传统观，它是在骨血中的，深沉持久但不明显。同时一个一路走一路看一路听一路思的人，也不会停下来和哪一个人进行专门的对话。截至目前我的诗歌中，似乎也反映出了这种"拒绝对话"的秉性，不是对某一个人，而是对人的整体。我想这也是我下一步要纠正的。

杨铁军：现代诗因为没有了韵律和平仄的要求，其实更难了。古代诗歌有形式的约束，一个中资之人都可以写一首像模像样的诗。但要想写出像样的现代诗，就没有这样的形式之助了，每个人都必须给出一个只属于自己的诗歌的定义，才能写出自己来。这个定义肯定不光是形式上的，也包括了诗人全方位的诗歌认识。所以，有好几年的时间，我总跟朋友们说，诗就是要"破除迷信"。你可以谈一下你自己对诗的理解吗？你想为现代诗贡献什么？

孔令剑：首先我想，理解诗歌要跳出诗歌，诗歌是神圣高贵的，但也只是文学之一种，是人类文化文明的一小部分。而且，真正成就一首好诗的，是诗歌之外的东西，就诗论诗是不成的。一个好诗人就是要通过诗歌把自我对世界全部的理解凝聚起来，当然，诗艺很重要，这个不在于诗人怎么认为，诗人只能努力按自我的方式去最好地实现。我个人偏好外国翻译体诗歌，这种异质性我想是丰富现代汉诗的重要途径之一。我也比较注重诗的韵律和节奏，甚至有时候，一首诗的完成就是被一种不自知的韵律和节奏驱动的。往大了说，我希望通过自己的努力，展现出现代汉语诗歌最好的样子。骨血里的中国我有，现代诗歌的外国范式我也要学习，兼容合一，富有一种"世界性"。

杨铁军：我感觉你的诗是及物的。虽然有人说你太抽象，太"哲学"，偏于"理性"，但很明显，你并不执迷于很多人执迷的词语的内部指涉。有些人的诗，即使他们是及物的，也总会在词语的近亲繁殖中达成认知，而你几乎从不这样做，所以我觉得你的诗并不"抽象"。这可能是你的天性，也可能是你的有意识的选择。你怎么看这个问题？

孔令剑：说我诗歌不及物的，大概是我和他关注世界的视角或者说视域不在一个量级上。我说世界，他们不说，我感到世界是实在的，他们觉得空洞。我想，这本身没什么优劣、高下之分。这来源于每个人的天性，后天改不了，我遵从自己的，更尊重别人的。因此，及不及物，是及物之表面、实体，还是及物的内在、本质，每个写作者都有自己的认知和判断。

杨铁军：我常常觉得，一个好的诗人最好的地方，往往最后就是他被人诟病的破绽，比如弗罗斯特，他的那种执拗，在做得不好的时候，尤其是在晚年的一些诗歌中，显出些许油滑。布罗茨基的语气是最迷人的，但有时候又显得做作。希尼按说是最没有缺点的六边形战士，但美国有些批评家却把他评为最无聊的诗人之一。想到这些，我很有感叹。也许一个诗人必须能豁得出去，不能怕破绽，否则就一事无成了。你同意我这个观察吗？

孔令剑：记得之前铁军兄说我的诗歌中有一点儿"任性"，我自己认为就是"豁出去"的表现，这种"豁出去"首先来源于对自己诗歌写作的强行突破，其次也是无奈的暂时的选择。对优秀的诗人来说，应该是更在意这种"豁出去"，这是他最自我，最不同于别人的地方，也可能是对诗歌最有贡献的地方。好诗人不就是要尽量成就各种不可能吗？对我自己来说，我坚信这种"任性""豁出去"是可贵的。

杨铁军：你在诗里，经常对谁说话？有的诗是说给上帝的，有的是自言自语，自我辩白的，也有的是说给恋爱对象的，在很多时候，这些声音甚至会在一首诗内交织起来，不断转换。你有理想读者吗？

孔令剑：我诗歌的读者是用生命、人生来界定的，而不仅仅是诗歌层面。

我希望我的读者是严肃、认真面对生活、工作等生命中的一切的，并且期望有所超越，有一定的价值追求。还有，一些人被一种惯性掩盖了，那么我的诗对他来说就是一种激发和回应。因此，我的诗歌面对的是所有人，是人类的，人的整体，而没有特定的理想的读者。

杨铁军：文学翻译家、诗人。1970 年出生于山西芮城县。翻译作品有罗伯特·弗罗斯特《林间空地》、西默斯·希尼《电灯光》、德里克·沃尔科特《奥麦罗斯》《阿肯色证言》、佩索阿《想象一朵未来的玫瑰》等十部。

孔令剑：1980 年生于山西绛县。中国作家协会会员，中国诗歌学会理事。现任职于山西省作家协会。出版诗集《阿基米德之点》《不可测量的闪电》《光的弹奏》三种。

李点儿&孙方杰

李点儿‖山东兄弟

没事时会想一想那个
山东兄弟
想是很纯洁地想
不纯洁的时候
无端揣测
会不会在同一时刻
想到了对方
雾霾深重的天气
最想知道
那个亲爱的兄弟
是否安然无恙
甚至，我还为此虚构了一次
盛大的探望

孙方杰‖北京辽阔，陌生而又孤单

—— 致李点儿

你说，北京辽阔，陌生而又孤单
当一种糟糕的心情
埋没了人生的星空和圆月，料峭的寒风吹来
洞穿前额上的郁悒
我通常会坐上一辆开往郊外的公共汽车
在终点站下车，经过一些庄稼
有时也经过蝴蝶的艳丽裙子

对于孤单，我通常会在郊外的山坡上
看远方的事物在天际线的下方伸展
那些依稀可见的矮树上
梧桐或者槐树，都挂满了蜜和闪光的生机
当我从太多的愁肠中回过神来
就站在济南的郊外，大声地喊你
看啊，那些在孤单中度过的光阴
犹如一只受委屈的小兽
在拼命地咬着流年虚度的嘴唇

而人生短暂
这样带着折磨自己的忧伤度日
该多么的不值

我的山东兄弟

李点儿

在诗人见君的督促下，我翻出了写于 2014 年的一首诗，作为这首诗的互文，我也跟孙方杰要来了当年他写的一首诗。两首诗放在眼前的时候，和孙方杰交往的往事跃然纸上。

记不清是哪一年认识孙方杰了，隐约记得是在石家庄的某次诗歌活动中，作为晴朗李寒的共同好友相互被介绍认识，初识也没太深印象，无非是 QQ 好友里又多了一个诗人朋友。那时，我的诗人朋友可能还在两位数甚至个位数。

貌似一段时间以后收到诗人孙方杰寄给我的一个日记本，他诚恳邀请我在这个本子上手写自己的小诗然后寄给他。我觉得他可能给很多诗人寄过这样的写诗本，否则怎么会在收到我的写诗本后感慨说：你比很多诗人都实在，这么快就回寄了！有些牛哄哄的诗人，一直拖着，然后没了消息。

哈，说实话，我做事一向不拖拉，无论做什么，都会在第一时间完成，这大概跟我的超级不自信有关，我坚持认为只有自信的人才勇于拖延，而我才疏学浅，缺少拖延的勇气。

后来又收到孙方杰的一个约函，说他在收藏诗集，问我有没有自己的诗集，并坦言不是赠送，按定价购买。还有这好事？哈，几百本早年与晴朗李寒、李洁夫合著的诗集《三色李》被我嫌弃地丢在地下室，从来没想到还可以兑换成银子，并且既然是收藏也自然没有被阅读的风险，于是我拿它换了五十元，很有点儿占了便宜的小得意。后来突然想到，这本书他应该从晴朗李寒那里拿的，没想到我手里根本就没有别的。

一来二往，就有点儿熟悉了。得知他做着点儿与诗歌相关的事情，得知他家在济南，得知他有严重的哮喘，得知济南雾霾严重，他时常生不如死，但不得不拼命活着……

2014 年春天，我移居北京没多久，我的闺蜜诗人杨方在首都师范大学驻校期间突发奇想，想去山东菏泽看牡丹，我俩一拍即合，来了一场说走就走的旅行。大概那时杨方和孙方杰更熟悉一些，她给孙方杰说到去菏泽看牡丹的事。这是一趟令人欣喜的旅行，更令人意外的是孙方杰在深夜冒着大雨开车去菏泽火车站接我俩，第二天一起去菏泽看牡丹，再去抱犊泉……也就是在那时，我知道孙方杰的车上喝水的神奇道具，他用的不是普通的水杯，而是一个你意想不到的物件：婴儿用的奶瓶。他解释说开车时渴了吮吸这个比水杯方便多了，当即遭到了我和杨方的猛烈调侃和嘲笑。多年以后想到这次菏泽—济南行依然心生欢喜与感动。

我和诗友的交往喜欢称兄道弟，不知不觉中孙方杰就成了要好的哥们，虽然也没几次见面的机会，见面也因为他身体的原因不能喝酒，不过我倒是很想和他拼拼酒量的，因为觉得他应该喝不过我。

写这首《山东兄弟》的时候，北京那天是个雾霾的坏天气，想到远在济南的好友，想到这个在这样雾霾天气里呼吸变得异常艰难的哮喘病患者，一种牵念油然而生，于是成诗。

看过我这首诗，孙方杰也于不久后完成了他回赠给我的一首《北京辽阔，陌生而又孤单》，说实话，我的这首比较简单，他写的比我好，读了令人感动，当时夸了他半天。

就因为这两首诗，让我的另一个山东兄弟羡慕嫉妒恨了好长时间，他咬牙切齿地说，哼，你哥俩就好吧！

李点儿：河北衡水人，国家注册监理工程师。现居北京。有合著诗集《草色·番茄·雪》《三色李》。

孙方杰：山东寿光人，中国作家协会会员。著有诗集《我热爱我的诗歌》《逐渐临近的别离》《钢铁是怎样炼成的》《半生罪半生爱》《路过这十年》《命运综合征》《钢厂》等多部。

纳兰 & 米绿意

纳兰 ‖ 雏菊

你的寂静凝聚十几株绿的
灵魂的簇拥。

如果凝视能制造一个雨水的牢笼
就让冰激凌的车轮
瘫倒于光的注目礼，而永不与车前子身上的车辙吻合。

你以绿意裹身，
颈项悬挂一条细小的河流。

你湖水映衬的侧脸，
如明月降服山峦的争竞。

如荷叶收容露珠。一个灵性的词语
终于拣选了一具圣洁的肉身。

米绿意 ‖ 雏菊

那一定是野生的，或者说
她受到的完全是大自然的教育
那时我在记忆修复的医院
与死亡重温一场惊险的巧遇
而他没打算把我带走
只让我像现在这样有点低落
而她正傻傻地把头从污秽的水泥
墙角伸向阳光——仿佛所有的努力
都值得尊重——一点不知道
她比阳光更绚烂。但我也不比她
知道更多，在被诅咒的土地
放任伤痛的舌头披荆斩棘

和米绿意诗歌对话

李点儿

纳兰：诗在你的生命和人生中处在什么样的位置？

米绿意：就目前而言，诗是最重要的位置，往前，是第二重要，再往前还是处于对现代诗了解的蒙昧状态，是否对我重要我丝毫不知情。

纳兰：平时读些什么书？喜欢哪些诗人的作品？受哪些诗人的影响？

米绿意：我喜欢科幻类小说，前些年读的比较多的是些英文版科幻小说，那个时候也是在有意识地训练自己英文的阅读和理解能力。除了阅读小说，就是诗歌了，有时间的话我也是更想读用英文写作的诗人的作品，我读的比较多的是自己翻译的那几位，查尔斯.西米克、路易丝.格吕克、伊丽莎白·毕肖普、切斯瓦夫·米沃什、W.H.奥登……也看机缘巧合，哪位好朋友送我原版诗集，比如刘义送我奥登，我就会读他的作品。我喜欢的诗人就是我愿意翻译的，不然读了就读了，不会去翻译，有时候挺艰难，探索诗人文字背后的深意。我不知道自己有没有被影响，我从来没有主观能动地或潜意识而后知地去模仿哪位诗人的写作方法和风格，对喜欢的诗人也是如此。我感觉我这个年纪，不适合去模仿任何人了，只来得及尽可能做自己，这对我太重要了。

纳兰：如何形成自己独特的诗歌语言和风格？

米绿意：你觉得我有吗？哈哈。我们有一个七人的诗歌小群，最新的作品会分享在这个小群里。有时发些未署名的诗，他们基本也能辨认出哪首是我的，或哪首是群里其他人的。我想，大概随着时间的推移，文字早已渗入我们的生活，它们便有了我们的样子、脾气、气息，瘦削或丰腴，柔和或刚烈，婉约或直接，等等，也会有我们各自的词库、较频繁出现的词汇……就像口头禅一样。这个很有意思，只要你在做自己，你就会形成自己独特的诗歌语言和风格，因为世上没有完全一样的另一个你。

纳兰：你眼中的好诗具备哪些特质？

米绿意：昨晚去参加一个诗人朗诵自己诗歌的分享会，互动环节我问了他同样的问题，他的回答绕开了对"好"的定义。这也是我想表达而又不能准确表达出来的，我想，对一个成熟的诗人而言，不会因为一首诗对修辞手法的熟练运用而达到"好"的程度。如果一定要回答这个问题，大致上我会说，我喜欢的诗便是好的，它们通常具备清晰度、深度（深入浅出）、自然而不僵硬、不刻意、不端着，我眼中的好诗它们对我的人生或有启迪，它们让我的心灵生长更长的触角，与它们主人的触角相碰、相握，啊，原来如此。

纳兰：你平时也翻译一些外国诗人的诗歌，谈谈你对翻译的理解。

米绿意：翻译于我，不是为了翻而翻，而主要为了自己读。有时是朋友们建议，比如他们在读某些诗人的译作后，觉得不像应该有的那么好。这是我读英文诗其中的一个动机吧：对译作本来面貌的好奇。在翻读的过程中，首先我觉得尊重原文特别重要。很明显嘛，这些真正大师作品比我们能写出的诗歌高超得多得多，作为翻读的我，是来学习的，我要做的是尽最大努力把它们在保证原意、保持原貌的基础上转换成另一种语言的表达。尤其是"诗人在说什么"这一点上，不能有一丝一毫意思的妥协。

纳兰：本名周金平，河南开封人，中国作家协会会员，开封市作协常务理事。写诗兼事评论。出版有诗集《执念》《水带恩光》《纸上音阶》。

米绿意：现居上海。著自编诗集《字的修行》，出版诗集《通往彩虹的梯子》；翻译有查尔斯·西米克、路易丝·格吕克、伊丽莎白·毕肖普、切斯瓦夫·米沃什等诗歌作品，编著《米绿意译诗合集》。

南鸥＆蓦景

南鸥 ‖ 渴望时间最后的修饰

我说过，渴望时间的修饰
就像落日修饰地平线，海啸修饰纸船
我知道，一条命定的鞭子
或一把古剑，它们才华横溢
挥动的语言穿越古今。请不要再掩饰
我一动不动，接受命运的抽打
就用刀锋上的火焰，还有
焚烧的暗香

但不许鲜花，不许那些露珠
打开白昼和黑夜。那些百变魔女的细腰
只能装饰午夜的长街。我知道
春天的柳条，只能抚弄初开的眼睛
午夜薄得像宝蓝色冰片，原来
那墙上的挂钟，欺骗了
一万年的阳光

梅雨的消息藏在千里之外
那些阴暗的词，那些腐烂一千次的舌尖
早已蠢蠢欲动。天空开始倾斜
每一个季节都已赤身裸体
不许癌变的梅雨，靠近季节
不许吞噬无辜的时间

蓦景 ‖ 我们不得不被时间修饰
—— 和南鸥老师诗歌《渴望时间最后的修饰》

是的，我们不得不低下头颅
在风雪铺天盖地，海浪光怪陆离的时候
低下头，学习耕种，学会培植
在皴裂的泥土中，埋一把柔软的种子
如果我就是那命定的农夫

白昼和黑夜不停转换身影
成群的乌鸦飞走又重新聚拢。时间停滞
鲜花垂下脖颈，太阳闭上眼睛
而风干的土地，仿佛就像脱落的胎盘
不要离开，也许殷红的玫瑰
就要在此刻盛放

每一个轮回，都被冰雪分割
古老的人群，仿若流亡人间的弃儿
每个人都顶着一段光阴。指针回旋
钟摆摇动着大地。明亮起来吧
如果人间不再燃起火焰

街道空旷着嶙峋的骨头
河流断裂，时间无法愈合腐烂的伤口
我听不见种子萌动泥土的声音
她们似乎带着天外的体温，等待
时间最后的修饰

与南鸥老师和诗的对话

诗人南鸥 2021 年 2 月出版了诗集《渴望时间最后的修饰》，其中有一首诗歌与诗集同名，意蕴幽深、丰富，诗人蓦景读完这首诗歌，忍不住有了想和一下的冲动，因而产生了如下的对话。

蓦景：南鸥老师好! 你的诗集《渴望时间最后的修饰》我时常翻阅，也时常在琢磨"修饰"这个动词带来的奇异而丰富的意蕴，我还注意到诗集《渴望时间最后的修饰》是用其中一首诗歌的名字命名的，尽管这样的情况很普遍，但是我还是想请您谈谈为什么要用"渴望时间最后的修饰"来为诗集命名。

南鸥：这本诗集收入了我 2008 年至 2020 年间的部分作品，大部分作品内容对我个体生命的特征有一种揭示的意义，标注了我这一时期的思考。创作时"修饰"这个动词自然地从我的大脑中跳将出来，说明"修饰"这个动词在我的生命里潜藏一些时间了。从"渴望时间最后的修饰"这几个汉字来理解，这首诗歌彰显了我的生命态度或者说生命理想，如从更为开阔的认知意义上说，是对人间万物生命姿态的永远的奢望。

蓦景：我感觉"修饰"这个动词用的特别精妙，怎么理解"时间的修饰"呢? 我想其精神内涵一定很丰富。

南鸥："修饰"这个动词确实有着丰富的内涵与隐喻，可以理解为命运的抽打或加冕，或时间对个体生命的审视，具体到文本来说，"就像落日修饰地平线，海啸修饰纸船"，其实这是用活生生的死亡来修饰鲜活的生命。显然，这种把个体生命对人间苦难的承受，看成是一种"修饰"，是一种潇洒、坦然的生命态度与生命理想，更是一种令人震撼的对个体生命至高的加冕。

蓦景：那怎样来理解"一条命定的鞭子/或一把古剑，它们才华横溢/挥动的语言穿越古今"呢?

南鸥：这是让苦难的承受笼罩着历史的渊源与神秘的宿命，我反复谈到我们的创作不仅要揭示生存状态，还要揭示生存心理，更要揭示文化心理，因为一个民族是活在文化心理这个心根之上的，从这个意义上说，这样的"修饰"就具有非常开阔的思考的力量与意义。

蓦景：是的，这一点我感悟到了，那请问老师，又怎样理解第二段中那些"不许……不许……"呢?

南鸥：其实这很好理解，甚至癌变，正如"那些百变魔女的细腰/只能装饰午夜的长街……午夜薄得像宝蓝色冰片，原来/那墙上的挂钟，欺骗了/一万年的阳光"等诗句所揭示的图景，满目疮痍，显然我们精神的原乡不应该受到如此的惊扰、浸染、肢解。因而，我在第三段进一步写到"天空开始倾斜/每一个季节都已赤身裸体/不许癌变的梅雨，靠近季节/不许吞噬无辜的时间"。正如我常说的"承受一切该承受的，赞美一切该赞美的"，而我承受闪电的抽打，我承受人间的苦难，就是为了我们精神的原乡不受到荒谬的伤害，依然圣洁如初。

蓦景：老师，我想请您谈谈您这首诗歌的创作过程，或者说诗意的触点是怎么捕捉到的？

南鸥：我们每一个人都活在时间之中，而时间是永远的修饰者与审判者。这首诗歌创作于2011年春，记得当时"中国当代诗歌奖"组委会通知我，与洛夫、王家新、华万里、伊沙同时获得首届"中国当代诗歌奖"创作奖（2000—2010），我欣喜之余自然对这些年的创作开始反思。对一位诗人来说，对创作的反思，其实就是对自己的生命态度与精神立场的诗学观照，就是对自己人本与诗歌文本的双重透视，显然这样的观照需要将人本与文本放在时间之中，进行显微镜似的切片般审视，这样我们的创作才有可能获得具有人本与文本的双重见证的人文意义。

蓦景：是的，老师说的人本与文本的双重见证很有诗学意义，生命之中很多事情的发生是我们不能左右的，很多命题是亦真亦伪的，而对您这样一位将奇异的人生经历、特立独行的诗歌文本、蒸腾着热浪的诗学理论三位一体结合起来的诗人来说，对人本与文本的质地都有着相当的期待，这就需要历史来审视、来过滤、来甄别、来加冕。我知道你的诗歌创作已近四十年，透过你的诗歌，我感觉到您在面对生活的真相时，依然保持生命的热望与纯粹的诗歌之心，对人间充满思考和憧憬，这种精神的力量，真的需要我们认真感悟与学习，我想从积极温暖的角度，对这首诗歌进行解读，同时我就想写一首诗，来延伸一下我的感悟。我试试看，能不能和出来。

南鸥：很好！我相信您！期待您的大作！

南鸥：本名王军，贵州贵阳人。诗人、作家、批评家。中国作家协会会员，贵州省作家协会主席团委员，贵州省诗歌学会会长，贵州省新诗研究中心主任。

蓦景：本名冯颖燕，贵州安顺人。贵州省作协会员，贵州省诗歌学会理事，世界诗歌网贵州频道主编。出版长篇人物传记《李桂莲传》（合著）

南在南方&张奎山

南在南方 ‖ 与晨书

我的北方
有太多的辽阔，可供挥霍
上班的车流和人流，都可以装订成册

我们互为道路，互为天空
都有各自波澜壮阔的江河和花朵

悲凉和喜悦有着相同的定义
最湿润柔软的那段对白，有人为我们
点赞，鼓掌

有那么一刻
低处的人间，所有奔跑中觅食之物
都在光中虚无而美好着

张奎山 ‖ 与晨书

可以深陷其中，覆盖大地的缄默
几次才在凌晨里叫出声来
北方天空的大星，还未颤动

想着世间投影在身上淡化
应是精灵，应是天听的子民
有帝的权杖，水晶耀眼

瞬间的契合，在黑夜显得隆重而奢侈
视角里环顾四野
山空着，流水一揽入怀

想着想着，就准备大事化小
清晨万物尽数早起
细小如蚁，轻似微尘

无限地打开，接纳彼此和万物

南在南方

罗素说，人类的友谊，天长地久是一个谎言，一个人和另外一个人的友谊要能够持续下去，它必须建立在三个理性的前提下：平等的感情、相似的价值观和有交集的生活体验。

我和奎山，认识十年之久了，今日回想，却如昨天。我写诗，他是启蒙。对于诗歌，他是超乎想象的、纯粹的热爱，不带有一点点的功利和私心。这几年，我们做平台，办刊，对于民间诗歌的推广做了很多公益性的事。提倡写好诗的同时，做真人，行善事。我一直是跟班，支持他，做些力所能及的事。

有人谓我们"黄金组合"，这并不为过。

他说，我们没有做出别人看到的什么，比如荣誉，但是内定的高峰要一个个去攀登。像很多不被人注意的植物一样，不急不躁，无声地生长，用诗歌安抚内心。这么多年，工作需要，他一直在外漂泊，诗歌写了一火车。我问，你的内心需要这么多语言的安抚吗？他说，你看到的，只是浪迹天涯的洒脱和浪漫，不知其中的无奈和苦。我问，不尝试写点儿别的，他说，开门见山，一马平川，还要诗的语言干什么？诗歌是最具魅力的文体。

我们的时观大抵是一气的。

在贫瘠的土地上，在人们只注意物质的今天，视诗歌为骄傲之物。最起码的，精神上的一小块净土。这是支柱！是每天行走的方向。我们不与俗世纠缠过多，世俗里的一些事情一笑而过。也曾争论，争吵，为每天行走中的一些意义，分歧时刻，他说，太多的时候，不要有过多的使命感，写诗，评诗，制作，就当娱乐打麻将，写起来才轻松许多。

一个人的辽阔是有限的，两个人走，再冲破两个人的局限，我们一群人走。我们一起创办了纸上雪平台。氛围很静，不喧哗，不讨论，只是写，呈现，用眼睛和心灵去发现和甄别，那些有趣的灵魂和最深刻有爆发力的表达。

有人说，十年出诗人。

有诗人来了，成为过客；有人成了诗人，走了，不断地新旧更迭，我们依然在写，默默为自己的热爱倾尽深情。每一行诗句都是栅栏，每一次翻越，都是一次告别，我们在一次次和自己告别的过程里，成长起来。日子重复，就在重复里写作，不断地创新，寻求突破。

我们同是大东北黑土地的孩子，同饮一江水，执着，韧劲十足。像尼采所说，自己满溢，自己降露，自己做焦枯荒野上的雨。在这个世上，什么关系都是有期限的，父女，兄弟，爱人。

我愿我们珍惜彼此，写出好作品的同时，每一天都是诚挚的，无限打开和接纳的，接纳对方和万物，这无愧于诗路陪伴一场。

南在南方：吉林省作家协会会员。曾有作品发表于《诗刊》《星星》《诗潮》《诗选刊》《诗歌月刊》《作家天地》《草原》《星星.散文诗》等。

张奎山：有作品发表于《诗刊》《诗潮》《中国汉诗》等。

潘以默&刘亚武

潘以默‖理性的美感
—— 致刘亚武

月光偶尔也会一瞥蓝色吉他的音孔，
如果它觉得那个位置
依然奥妙，所有共振都是赞叹。
是谁的手指，让句法更加自如，在回忆上方，
每个词的回音有过深度。
灰喜鹊，掠过虚构的林梢。

想象有人独自在江边的星空下吟唱，
拨动，无须解释。
所有倾听都在摧残着
对手指的反思。倘若月光变成白云的过往，
是告别，还是
去往一个苍鹰出没的高原

刘亚武 ‖ 深山

—— 致潘以默

落叶后的空山，并没有失去什么
你提到现场燃烧的金色
与雪地的无形物，到底有何不同
沉重的飞瀑不断向下，你静夜的沉思
却在一支烟中随意鼓荡
抵达旷远，在一种空中，亦是我的缺憾
几年前的春天，我为何拒绝去往天台
在很久的朝代曾数次登临？还是我
有过多青树枝，赶不上国清寺古塔
在缓慢中将虚妄的檐角弃绝
唐人们都是飞着来到这里，而我却要
一步一跬，穿过一生中黑暗的山谷
直到飞翔的白鹭，在微光中抹去山脊

自然的在场与节奏的形而上

刘亚武

我认识潘以默，是从他的语言开始的。这可真是个极简主义者，无论诗还是评，都非常洗练疏朗，颇有几分韦苏州的况味。实际上在读完他的诗歌《空念远》之后，我有点儿吃惊。这种节奏就像江海在吞吐，或一个人的呼吸。这种语言的控制能力几乎是天生的，不只是极简的透明，自然的在场。"你是风中的一支烟／是以为仍有时日／会在暴雨中打开天窗"，更多的反而是一种安定外的炸裂，虽然这可能只是一种征兆。然而，这种复杂性，这种稳定的动荡依然让我感到意外。是的，他反复提到一个诗人的名字：博纳富瓦。我豁然明白，他的这种古诗中不曾有过的思辨与反思的现代性，一下子有了答案。"杜弗的动与静"，不只让他不断加深语言的内在化，也补充了我的阅读书单。

如果要说说我们之间的共性，首推自然主义的诗写。

我的故乡在皖西一个偏僻山城岳西县，境内群山连绵，海拔很高，不乏司空、明堂这样的名山。而他的故乡却有"一座天台山，半部全唐诗"的美誉。因此，我们完全可以大言不惭地给自己冠以"自然之子"的美名。在写诗上，不可避免地受到"深山"（潘以默依然稳守在家乡浙江的天台山）、"远山"（我已然离开故乡二十余年，远山只活在记忆里）元素的熏染与影响。这种印象在我读了他的长诗《深山》之后更加深刻。大约因为家乡与故乡是一体的（用他的话说是没有故乡），过于熟稔的缘故吧，他写的深山甚少在表层浮动（不见那种依样临摹式描写），而是处处有"我思"的微光，难得的是一种节奏总是与山林一开一翕。而我因为离开故乡很久，许多场景在丢失或模糊，对于山林的印象注定是疏离、观照、片段式的。这从我写的《玻璃栈道》《登妙道山顶而不遇》《林中空地》等几首诗均有所投射。

几年前的春天，我本来有去往天台的机会，不记得因什么原因而耽搁。后来，以默所在的天台诗人做过一次回访，但是他没有随团，因此我们至今无缘得见。说到自然主义书写的窠臼，人们难免冠以"复古""风花雪月""追捧崇高"等各种帽子，仿佛这是对现场的美化或生命诗学的逃避，毫不客气地说，这是"欲加之罪"。首先，"我思故我在"，本体论数百年基业岂会是纸糊的灯笼？我就在自然中，为何写不得自然？这种人类中心论可以休矣。此外，见多了虚伪的悲悯，将自己装扮成圣人的做法也可以歇歇了。倒也不是否定客体诗的呈现，只是要说，这个世界最美妙的事情在于不止一种声音。

对于自然的诗写当然不是简单临摹，从中也能感受到自然生命的律动，甚至对于人、物、语言的神秘与不可言说。关于这一点，就不得不提大诗人史蒂文斯。国内学界目前对他的研究如火如荼，但是在诗人部落，知音并不多。我在一次直播中说到对史蒂文斯的仰望，以默说他也有同感。对此我有些狐疑，但当我看到以默写下这样的题记："大雪覆盖过的地方，无形之物降临"，一下了然。是的，以默的节奏如同先民的鼓点，必将助他在"深山"中抵达思的遥远。在这样一个诸神远去的时代，虚构与想象的玄思取代了神的位置，这种形而上之思，不是批评的怨怼，也不是自由的滥觞，而是一种光泽自然降临，抵达纯粹而消弭一切幽暗。因为我们相信，"那闪耀的命运，被埋在词语的泥土里。"（博纳富瓦语）

潘以默：浙江天台人，浙江省作家协会会员，中国自然资源作家协会会员。

刘亚武：现居江苏昆山，中国诗歌学会会员，江苏省作协会员。

蒲素平 ‖ 独语或者和鸣

——和天岚兄

煮一壶茶吧，你不来也煮
让袅袅之气，升起于西山，笼罩西山

爱一个人吧，你走了也要爱
西山空旷，满山笼罩着绿色和佛音

门外的菊花快黄了，似有故人来
山外的雨已下了三天，小路洗净来者的足印

站在高处遥望，在某个路口的槐树下
谁的影子晃动着，云朵飘摇，一阵风赶往他乡

去了，就去了，来了，就来了
一炷香在尘世燃尽万古愁

世有万物低沉，我有风雨和鸣
来来来，你且举杯，香茗正高过头顶

蒲
素
平
&
天
岚

天岚 ‖ 独语或者和鸣

煮一壶茶吧，一个人也要煮
水慢慢沸起，溢出泡影也夹生欢喜

点一炷香吧，只点给自己
尘世图圄昏昏，你将被谁点醒

案上的天人菊，已从蕊枯及枝茎
窗外的雨，刚好下了三天三夜

时至中秋，周边的果园飘来了果香
唯墙下野生的西瓜尚且嫩小

多像塞外那个呆萌少年
曾深陷群山，不知张望还是回望

而山下的平原，有坦途直达大海
有浪子回头，瓜熟蒂落

呵，大风起兮，西山苍茫
盲区和隐喻正被居高者一一言中

你笑迎客来，又欢送客去
却无法取秋雨一滴熄灭头顶的浮尘

你含泪写下的誓愿词已被吹散
悬铃木的哑鸣，将引爆天地交响

写作的虚无之境（节选）

蒲素平

从天岚近期的诗歌创作上看，无论从表达方式，还是从写作途径上，他已从一个层面转向了另一个层面，他开始建构专属于自己的诗歌体系，或者说天岚的诗歌创作指向更加明确。读天岚的诗，我常常惊讶他的深度自省和语词陌生化的组合，在诗中呈现出强大的个体生命气场，并以诗歌符号的价值指向完成诗意化表达，构筑一个诗人应有的逐渐清晰的面目呈现。说天岚的诗歌，我想先从光说起。在西洋绘画上有神性之光、物性之光之说。物性之光由某一物质的光源发出，照亮物体，分出阴阳。神性之光，指的是上天的给予，是精神上的。至善至美，超越物质的。

那么天岚的诗歌创作进入了一个什么样的境界？

大解说："如果沿着他的生命历程往回走，你会发现宽大的记忆和消失的人群，在那里时间已经糜烂，土地恒久沉寂，尘世的喧嚣早已构成了万古的悲愁。"

那么天岚的诗歌里呈现出什么？或者说他力图抵达何处？

"万物皆有裂缝，那是光进来的地方。"科恩唱道。

生活的断裂无处不在，有人停留在机理的痛感，有人哭诉苦难。而在天岚的诗中，一烛之光照耀在时间的深处，生命在体内变得辽阔、深邃，抵达通体皆灵的状态。甚至，他直接省去臃肿的表达和意象，直接进入诗思的深处，从而建构自己的诗歌殿堂。为此，他写下一种虚无的真实，他曾说过："塑造属于我们每一个人自己的神，去穿越时光成为一切生者和死者"。这一点是他努力的方向，在《华北平原》得到了呈现，在《羞愧》《骨肉》《合欢》《原乡》等诗歌中，语言更加清晰，透彻，深入，而从语境上表现一种内敛的庞杂，有效增加了诗的容量和厚度，这种厚度不显得丝毫的笨重和拖泥带水，整体上不锋利，不偏执，不做作，耐心、圆润、通达，这样为其走得更远、更深，形成了铺垫。"这么多年来，我把话说给了华北平原／只有它懂，只有它足够大，有耐心去听"。他把创作的指向推向纵深，像蚂蚁推着自己的食物，向着一个方向，不舍昼夜前行。

裂缝之光，是哲学的智光，是菩提的欢喜，更是生命的诗意。纵观天岚的诗歌创作历程，就是这样一个渐变的过程，一个寻找光源的过程。他的诗境也渐次打开，有了自己的光泽。但不是那种勇往直前的猛，是那种缓慢的、寂静中的行进，向深处抵达。这样他的局限就少，格局也就相应大起来。他所关注的，开始越过尘世的纷杂，走向精神的本源，走向人类共同命运的表达之处。在文本的呈现上，渐次从杂乱抵达清晰。从意义呈现上，一方面开始逆向反思，反思万物秩序的建立，及其之间各种关系的合理性和审美性；一方面追寻对话，与内心，与未知世界价值判断和走向对话。这在他的组诗《十二月诗抄》中有较强的指向。我以为这种创作指向在青年诗人中十分有必要，我们知道一个优秀诗人的作品，一定要有我，然后出我，也就是说要突破单一自我诉说，自我咏叹，也就是把一己之欢、之忧、之思融进时代中，成为时代的述说和呼吸，有历史或者说时代的气息，最后抵达未来。"多好，农人封好粮仓/牧人选定营地/按图索骥的旅人/也该停下不安分的脚步//多好，祈愿者松开眉头/悲伤者放任泪流/北方大地正领受/新一轮寒潮的洗礼"只有这样的句子才能催开："人世盛大的窖池啊/此时，或许该开口低语/在暴雪封山之前/坦白窖藏最深的欢歌美酒"，这样带着体温的感受，这样内心通达的苏醒。"他们潜入深山，也穿过城市/他们说出爱，也被锁喉/他们高举玫瑰献给女人，也献给亡灵/夜风透穿他们的肺腑/又残留他们的心肺/正如他们赤身穿过/昏暗的教堂庙宇博物馆/又数着星星走向夜市/多少隐形人叠在他们的心上"。这样广阔的丰富性表达背后的指向，使他语词的烈度变得醇厚、绵长并透出内在的光亮。

蒲素平：中国作家协会会员，河北省文艺评论家协会理事、入选 2016 年、2019 年中国作协重点扶持项目。

天岚：本名刘秀峰。河北宣化人。中国作家协会会员。出版诗集《纸上虚言》《霜降尘世》《浮世记》。

七‖六月还在寻找

—— 兼致小婉

七&邰婉婷

风从后背往前吹
头发被吹得很乱
黄小仙帮我捋头发
她的手指有点凉
想跟她讲个故事
又不知从哪里开始
每个人都有故事的吧
何必去讲
雨季来了
颍河开闸放水
水滔滔着经过正阳关
注入淮河
我站在河堤上
想起内蒙古
想起西辽河
雨季的西辽河
黄小仙红色的裙摆
随风飘摆
一直都不喜欢红色
太张扬
不管不顾的
猫占据高处
用金色的眼睛
俯视人类
我不知道它心里怎么想
也不知道黄小仙在想什么
何必知道
又下雨了
成熟的麦子开始发霉
淮河两岸的人们
都在盼太阳
太阳总是会来的
太阳总是会来的吧

郜婉婷 ‖ 太阳总是会来的

—— 回赠安徽诗人七

大片的云从北方的天空逃离。
它们飞走了，带走了看云人的眼睛。
在北方，大太阳晒背
找不到一块发霉的田地。
西辽河的水已流不到这个叫科尔沁的地方，
河水在上游找到了更富有的东家。
在北方，外面看似完好的房子都空着，
它们睁着空洞的眼睛。
那日，我从安徽带来的一点雨水
经过这些建筑就干了。你还在等太阳
别急，太阳这只乌鸟快飞到南方了。
它的光会包住黄小仙的手。
黄小仙的手焐热了，
淮河两岸的麦子就活了。

美美与共

邰婉婷

2019 年是我到目前为止诗歌创作的黄金年份，我的系列诗《麦卡洛》《木兰》《手工场》皆是在这个时期写作完成的。之后，我把这些作品分批投给了《抵达》公众号，很幸运的是这些诗很快被发表出来，由此结识了《抵达》诗刊主编汪抒。同年，汪老师把我拉进抵达诗群，我和七就是在该诗群认识的。

记得刚入群的时候差点被群里过于热烈的欢迎仪式吓退群，什么新人爆照等（当然都是开玩笑的话）弄得新人措手不及，后来发现每个新人进群都要经历此番狂轰式的礼遇，事实证明能禁得住此番迷魂阵留下的诗人都成了抵达铁杆。现在想想幸亏没有吓退群，不然就没有机会结识这么多有情有义的诗兄弟姐妹。

在抵达诗群待的时间越长，诗兄弟姐妹之间的情谊就越加深厚。在群里，我和七无论是做人做事，写作观念都是十分契合的那种，每每聊到尽兴处都会冒出见见面的想法。这个愿望直到 2021 年终得以实现，当汪抒老师邀请我到安徽参加抵达第四届端午诗会时就请求汪老师安排住宿时把我和七安排在一个房间。我把我要去的消息也是第一时间分享给了七，她也是十分开心。

如约空降安徽，见到了神交已久的诗友。诗人们看见我，简直无法相信我会从遥远的北疆单枪匹马奔赴而至。她们惊叫着和我相拥，争相让我猜是谁，我都不用思索，循着声音，凭着感觉都能对上她们的名。因为在抵达，每个诗人都是真实真诚的存在。当时雪公子打趣地问我：穿过大半个中国来的，怕不怕？我说：为了见你们，不怕。蓝弧姐不忍我一路奔波劳累，急忙带着我去下榻宾馆的房间，让我短暂休整一下。当时七还没到。

疲惫感使我很快进入了睡眠。人就是这样，当愿望达成的时候，肉身和精神会完全放松下来。我不知道七是什么时候到的，当我睡醒的时候她就坐在另一张床上看着我。她说看我睡得很香没忍心叫醒。说着站起来坐到我这边，当时我的感觉是，这个人太美了。别说男人，女人见了都喜欢。记得当时她穿了件修身的改良旗袍，显得个子很高。她的头发很长，我长那么大都没有耐心留过那么长的头发。她的声线很宽，真人比想象中更大气洒脱。

诗会结束后，汪老师等安徽诗人带着我游览了几处风景区，其间七一路相陪，吃住我们也是一直在一起。当时安徽正值雨期，雨下下停停的，下雨的时候，我们就待在下榻的宾馆聊天。我们坐在宾馆的床上聊生活，聊孩子，聊诗歌，聊诗人，还聊内蒙古和安徽的云，聊她去过的内蒙古，聊她从内蒙古背回去的石头，聊她自酿的果酒（还给我带了两瓶）……

聊天的时候，她是热情洋溢的河南妹子，真挚善良平易近人。人活在世上总是要戴着各式各样的面具，很难表里如一，像七这样内外一样美的女子我是很少见的。

七：本名王双霞，居阜阳，处女座。偶有发表，阜阳青年诗社《淮河诗刊》副主编。诗观：生命不止，文字不死。

邰婉婷：本名邰领小，蒙古族。内蒙古民族文化艺术研究院副研究员，内蒙古作家协会会员

青小衣&高粱

青小衣 ‖ 见到大海，见到你

我一见到喜欢的事物
就悲伤。我是那个最喜欢的人
可那个事物不是我的
比如大海。汹涌，自由，群居的波浪
像某种安慰，浪花的手
伸过来摸我，又快速缩回去

我一见到我爱的人
就紧张，呼吸急促，乱作一团
如果，正好我爱的人
也爱我，我就担心自己变成一块玻璃
透明，脆弱，一提别离
就失手碎在地上

高粱 ‖ 海

涛声喧嚣，海边的言谈十句有八句
听不清。我已经很多年，没在海里游过泳。那些波涛
涌起又散去。年少时我也曾幻想
两个人在波涛上相逢。

海水簇拥着身体，让人舒服、愉悦，就像最好的爱
包围着你，却又感到自由。没有索取，也不想彼此占有
如果你长住，我们就会在某个早晨看到
大海缩小成一条纯蓝的纱巾

还会看到海水在我身上留下了盐
涛声吞掉的话，也会一句句浮现

熟悉又陌生的人

高粱

我和青小衣是哪一年认识的呢？怎么想也没想起来。一到这时候我就想：要是记下来就好了！可我又没养成记日记的习惯。

不过肯定是先读过彼此的诗，后来才见到人的。我恍惚记得第一次见面是在承德，北野召集的，一帮河北诗人在围场吃羊肉，喝大清坊，游草原。那次到底是不是头一次见面，我也不敢确定。估计青小衣也是如此吧。语文老师，对数字应该也不大敏感。

在微信上加了一些诗人，却很少就诗歌进行交流。我记得清楚的是，有一年路过邯郸，但青小衣那时没在邯郸，她正在北京鲁院学习。那时我还想结识诗人，想着可以探讨诗歌。不像现在，没了认识新朋友的欲望。我总觉得写诗这事主要还靠自己悟，别人说的，不如自己悟来的，能在心中扎根。诗写得好，看诗就可以了，干吗还非要了解写诗的人。

有时，我也无比怀念论坛时代。在论坛上的时候，看到谁的诗歌存在问题，也不管认识不认识，是真批，毫不留情。

和青小衣加了好友，也几乎没有聊过。但看到青小衣会觉得像邻家妹子，很亲切。我对朋友这事一直不大确定。我老会怀疑我拿人家当朋友，人家认为我是她朋友吗？人不能自作多情不是？也正是基于此我才不聊天，谁知道人家烦不烦呢？别聊了半天，人家认为是被骚扰了，聊个天连带了自己的人品，就得不偿失了。

所以我对青小衣的事可以说一问三不知。不知道住在哪儿，在哪儿教书育人。不知道年龄，也不知道家庭状况。如果没有手机号和微信的话。估计找起来很困难。

不过青小衣的诗只要能看到的，每一首我都会看。她的诗自然天成，每首诗几乎都有神来之笔。有时候读她的诗，感觉就是在凭自己的感觉、感官来写，看不到技巧，也没有雕琢的痕迹。有的诗甚至看上去并没有特别之处，然而仔细读来，却回味无穷。至于她诗歌细腻程度，有时候我是领略不到的，只是感觉有一种说不出的好。这或许因为性别的差异吧。

当然，我也不是评论家，我只默默记下我的心得，从来没有和她说过。只是因为这次唱和诗作，她竟然破天荒找到我，而我对她的诗又有感觉，就应了下来。谁知还有随笔也要写，不忍心拒绝，只好在旅途中，用手机摁下这些句子。

青小衣写大海的诗歌，让我眼前一亮。这首诗是她在从北戴河回邯郸的火车上写的。那次青小衣去北戴河学习，她未曾谋面的好友冯颖开车找我，让我带她去看青小衣。那天青小衣和冯颖第一次见面，两个女人相见甚欢。冯颖开车带着我们到了海边，又去了中外建筑群。因为青小衣要赶火车回邯郸，两个女人在火车站又依依惜别。在回邯郸的火车上，青小衣写了这首诗发给了冯颖，冯颖朗诵后发在了自己的公众号上。在这首诗里，青小衣以女性的视角写浪花"浪花的手伸过来摸我，又快速缩回去"。这把大海写成小女人形态，我还是第一次见。这让生活在海边的我有了嫉妒之心。想想我是男的，我就原谅了自己。

想来青小衣如果生活在海边，应该会写出更多关于大海的诗。她如果来海边生活，我一定尽地主之谊。

这样的话我们谈天说地，写诗喝茶，我的诗应该会更上一层楼。

希望有这样的日子。

青小衣：中国作家协会会员，河北文学院签约作家，鲁院 32 班学员。被评为河北省第三届"十佳青年作家"，获《诗选刊》年度诗人奖，已出版诗集《像雪一样活着》《我用手指弹奏生活》《我一直在赵国》。

高粱：本名王树彬。二十世纪六十年代人。出版诗集《秘境》。获得河北文艺振兴奖、河北文艺贡献奖、突围诗歌奖等奖项。

苏小青&温经天

苏小青 ‖ 白露
—— 给温经天

九月第七天
马尾松还没长大
手拉手，头挨在一起
知更鸟携带灵魂
空中的幼小岛屿晃动
想象的薄衣穿在树之梢

白露来了
一场无瑕的舞会！八步节拍：
踢踏、踢踏，温暖手指及脸颊
野猫吃完餐跃入水草深处
如一小杯稀薄的羹汤
过午阳光的慰问

"从未开始亦没有结束，
那么从何说起？"
陈年的歌喉无所惧，打湿
空空的硬壳：
果子的壳，虫子的壳，房子的壳
一朵火苗进入一滴水
构成此时此刻

温经天 ‖ 白露以后
—— 给苏小青

口琴和手风琴占据了台阶和雕塑
海浪翻卷岸头，流浪的孩子默记曲谱

浣溪沙与临江仙，距离多久
淘出一颗苦胆，兑现盆景

人们历经水患和沙丘，封锁门店
辨识风险或玄机，仅仅凭猫的眼睛

百业凋零，犹如万籁俱寂
枯竭的打水人，面对多雨的北回归线

以北的孤独，值得潮流的摆渡人
去挽救，登陆的虾兵蟹将

烹入铁制器皿，招安躁动的首领
而他的士卒，越河就不再回头

一场霜雪在所难免，一根火把
寄寓黑夜植物，天亮了它隐没胸口

那里堆积如山的乐器和诗集
松弛的声线和腰身，缅怀节气的礼物

生命的礼物

苏小青

特别喜欢节气的名字：雨水、清明、小雨、芒种、大雪、小雪、惊蛰……经天说今天白露，写首诗吧。

时光在生生不息，在慢慢死去，这是无比如诗的真理。因此我们呼吸，世界没有诗的暗示就不会徐徐展开，生命没有诗的期许就黯然失色。

茶加深不眠和空寂。这副岁月深处低矮下去的身体，失去重心和对阳光贪婪的渴望，似乎更愿意靠近月光：温柔、孤独，凉意是此时最适合的栖息。

苏小青：你的作品文如其人，温而不伤，高于世态而又繁花似锦，通篇运营了恰到好处的意象，文字华丽但又简单透明，屏蔽烦琐世俗的芸芸，读出清风明月，读出独上西楼，读出对生的热爱。读出，你的执着。

经天：艺术是相通的。比如断臂的维纳斯，比如山水画的留白部分，比如诗句里的缄默美学，总能听见彩虹之光的召唤。那虹光似乎在说一切都来得及，一切都不晚。诗就是一种综合的智慧之光的语言艺术。没别的，很简单。诗千变万化，但每一种都有各自方法，自己不断实验，总结，心里就明白得很。

苏小青：好诗标准就像衣品，每一种穿搭风格都是有着特定的要点和穿搭精髓的，我们想要将一种穿搭风格诠释到位的话，就需要掌握这些穿搭上的要点。只有诗歌才会诞生不被界定的语言，这也是诗歌的崇高和谜一样的魅力，个体经验与公共经验的完美融合。

经天：棋局每一次都不同，但基本开盘落子定式就那几种，中盘干什么，怎么围点打援。怎么收官。都有定律。诗不复杂，也有规律；诗有神秘之处，那是艺术直觉；诗也有可解的方程，不可解则是伪诗。

苏小青：你的诗有音乐剧场感，至美至善，言之不尽的情感和人生。所谓诗歌噬魂，音乐养命。好的音乐至少可以提供氛围或者触发点，让人重新体验爱情、友谊、青春，重新经历珍贵的获得与失去，重新找到心灵的归宿灵魂的共鸣，音乐养命滋润我们。

经天：要想写好一首诗，听音乐也是一种训练。音乐蕴含着如此的美好，这才是由衷的抒情诗，尽管第一次你可能不知道他唱了什么，其实也不重要。但一瞬间它打动了你，你所有珍视的事物都环绕着你，不会散去，我就这种感觉，仿佛在音乐中，我就是那个孤独燃烧的恒星，一再昏迷，一再确证世间的美好，仿佛一次深度的恋爱。

隐藏年轮的榆木桌上，列队出现了蚂蚁，它们或圆或细长，或几个团成一簇成为小森林。老榆木的脸深埋在裂痕、虫孔、锈渍里，生出魔幻般奇崛的力量。被苦浸泡着还要忘却苦，它的长袍除了收留蚂蚁还藏有什么秘密？或许它只想在这个清晨告诉我：万物因缺憾而美好，时光是诗的内功，是裂开的意象，而不是堆砌。

经天说过几天他就要离开北京了。诗是诗，在不同句式里孤身奋斗，是心灵栖息的地方，是时光那抹闪耀的基础色，是心中不舍的旧日镜像。

生活还要继续在奔波里修行。

苏小青：中国作家协会会员，居于石家庄。

温经天：河北承德人，写诗、译诗、随笔、评论、创意写作课。著有诗集两部，现居保定、天津。

梧桐雨梦 ‖ 安静记
——和史历同游有感

我喜欢避而不见 总在夜深人静时
避开一切辉煌和炫彩 一个人行走
到一个比我安静的人心里 采摘鲜为人知的
珍宝 没人知道我多少次闭门谢客
在无人经过的角落 让身体飞
让孤独架空孤独

是巧遇还是直觉 绕过一片麦田之后
竟误闯常山郡故城 我没有和赵云诉说
仰慕 一生的偶遇
不过是一种念想 境由心生
而所谓情爱 也不过是一种顺应

更远处 春天的气息若隐若现
像动了情的女子 身体芬芳馥郁
一切梦想和萌动都从这里开始

欢愉 痛楚
"我深爱 所以
我安静"为了你
我规避 所能规避的一切
就像规避浮云 世故 和你曾经
悠长凝重的眼神

梧桐雨梦&史历

史历‖念故人，常山郡怀古
——和梧桐雨梦同游唱和

这里没有过去的喧哗，
一片沉寂，只有残垣的土墙，雪后的麦地。
远处孤树上的喜鹊，讲述一个三国时期英雄的故事：
常山郡——有一个完美的英雄!
侧耳倾听，风声如泣。

不敢轻易说出他的名字，所有的传说
都消逝在漫漫的岁月的长河里。
在我们心里却永远记住了这个名字，承认这个事实。
常胜将军赵云——赵子龙!
那个在旷野上驰骋的战马上，风一样的速度，
银盔银甲，忽隐忽现的白袍小将。

风——从西北方向吹来，彻骨的冷。
像他手中龙胆亮银枪，眼都来不及眨
早已刺入敌人的心脏。
以完美的姿态，伴着到达终点的快乐
像白色天鹅在水里的舞蹈。
越过天边的彩霞，跨越夜晚的流星，
整个天空都在发抖。

我站着，在这里——残垣的土墙，雪后的麦地。
仰望长空，勒马听风，无限怅然。
然后，伸展双翅在高空中飞向太阳，
渐渐消失在那个
来的地方。

现实与理想的邂逅

史历

艾青说"所谓灵感无非是诗人对事物发生新的激动，突然感觉的兴奋，瞬即消逝的心灵闪耀。是诗人的主观世界和客观世界最愉快的邂逅"。我认为诗歌创作灵感和绘画有相似之处，是一种情感的瞬间活化，灵感的爆发有时就是一种按捺不住的冲动！

梧桐雨梦的笔下，总是充满了对生活的渴求和热爱，以及对美好情感的憧憬。她是一个理想主义者，追求完美的纯净，在这一点上我们何其相似。每次读到梧桐雨梦的诗歌，都感觉到深刻的情感和思想性，展现出诗人对生活、自我和认识的深刻思考和感悟。那份深厚的情感仿佛在岁月的涤荡中愈发显得珍贵。

她的诗歌让我仿佛穿越时空，回到了过去的时光。我们曾经一起探讨诗歌灵感，她说知识的无限性和不停地学习是产生灵感的前提，灵感是新颖的独特的，往往突然呈现在脑海，灵感是某一情感和感受的极致升华。

我读梧桐雨梦这首诗感觉有以下特点：

1. 强烈的意象和情感表达：这篇诗歌通过丰富的意象将日常的琐事和复杂的情感以诗意性的方式传达给读者。这些意象不仅是诗歌的装饰，更是作者情感的投射和抒发。诗人能将个人情感与人类共通的情感相结合，使诗歌既有强烈的个体感受，又能引起读者的共鸣。这种平衡使诗歌不仅仅是作者的情感宣泄，更具有普遍的社会意义。

2. 深刻的思考和哲学探讨：诗中的思想内容涉及生命、爱情、人性等广泛的主题，展示了作者对人生意义和存在的思考。诗人探索了人类情感和生命的多面性，表现出对人性深层次问题的拷问和关切。

3. 语言的美感和张力：在她骄傲的文字中，我仿佛看到了她对某种生活的不屑，诗歌的语言充满了诗意和美感，那片悠远的梧桐树下，清晨的阳光洒在叶子上，如画的景象。使读者感受到了人间的冷暖和季节的更替，与万物共鸣。

4. 自我与现实的对话：诗歌中体现了作者与自我的和解、对现实的反思。梧桐雨梦的诗形成了独特的诗意风格，具有了不可复制性。我一直认为她的诗，不仅是在写个体的感受，更是在写中年女人的情感生活和各种境遇。是在写中年女人所承受的各种压力，悲欢喜乐，和各种矛盾，挣扎，绝望和绝望之后的顿悟和觉醒。同时，抒情力的表达也让诗歌更加引人入胜。

总之，像诗中描述的那样，尽管我们早已相隔千山万水，但那份情感依然是珍贵的，无论时光如何流转，我们的友情都是那么珍贵，依然在我的心中敞亮。在我们的文字交流中，我们分享了生活的点滴，探讨了诗歌的意境，彼此间的心灵沟通，在我失意的时候，是她给我鼓励，让我感到生活的温暖。

梧桐雨梦：河北省作家协会会员。就职于河北省一高校。出版诗集《遇见》和《唯心》两部。

史历：艺术家及诗人。首都师范大学油画研究生。河北省油画学会理事兼副秘书长，河北省美术协会会员，河北省作家协会会员，加拿大中国文化艺术协会会员。油画被博物馆、画廊、私人收藏，多家画廊代理。

辛泊平&王彦明

辛泊平‖握手
——给彦明

一杯酒也许不代表什么，特别的节奏
从天津到秦皇岛，声音比身影要快一些

一座城市会因某一个人而变得熟悉
我们习惯的定律，但有时可能相反

曾经的握手，温度不高不低
羞涩的味道，比烟草要足一点

然后确认：两株相同的植物
无需见面，也有一样的味道

王彦明 ‖ 泊平

那天，说到诗歌
就说到泊平下午的火车
天津的气温
一直在上升
在意大利风情街相遇
两个熟悉的陌生人
因为过于羞涩
终于只是简单地寒暄
互致问候

文字之外

辛泊平

我有许多生活中的朋友，能在一起喝酒侃大山的朋友；也有许多写诗的朋友，同城的或者异地的，有些经常小聚，有些见过几面或一面，而有的，只是通过电话或在微信里聊过。但无论是哪一种，他们都已经成为我人生的一部分。相遇即是一种缘分，我始终相信这一点。

对于不写诗的朋友而言，那种因诗结缘的人生状态似乎不太真实，然而，对于诗人而言，它却是比现实中的相识还要真切的相识。诗歌是灵魂的词语表达。通过词语，两个灵魂相遇。而这种相遇，突破了时间和空间。肉身可以设防，但灵魂彼此坦诚。

说起王彦明，我也是从词语开始的。在遥远的诗歌论坛时代，我读到了他和他的诗歌，知道了他与我是相同的从业者，心里自然生出一种亲近感。然而，第一次见面，那种亲近感却没有自然而然地呈现出来。

大概是 2009 年夏天，诗人任知策划了一场诗歌朗诵会。在天津，我见到了天津的徐江、李伟、君儿、图雅，山东的天狼，河南的梅花驿，石家庄的独孤九，还有王彦明。都是第一次相见，却并没有初见的隔阂之感。那种感觉很奇妙，和身边的朋友们一样，有人天生就是活动的组织者，有人天生就是沉默的参与者。我和彦明大概都属于后者。

那一夜，除了朗诵环节的误会，剩下的记忆就是两次烧烤，一次是朗诵会后，大多数人都参与的，似乎人人都在说话，但最终听到的似乎还是啤酒的喧哗；一次是回到旅馆后，几个外地诗人似乎意犹未尽，于是天狼提议，几个人再次投身到天津的夜晚，让啤酒再次沸腾。

模糊的印象，彦明住在武清，他要赶轻轨回去，两次烧烤他都没参加。第二天在滨海新区君儿做东，彦明也没参加。可以这样说，在天津，我和彦明见过面，握过手，打过招呼，却没有一起喝过酒，没有一起说过几句话，我甚至没有记住他的面容与声音。

再次见到彦明，是他来秦皇岛旅游。黄昏时分，彦明打来电话，说是到了秦皇岛，电话里的声音有些陌生，但陌生里有自然的亲近，像他的名字一样。那天晚上，我们终于坐了下来，终于有了说话的时间，终于举杯敬彼此和相识的光阴；那天晚上，彦明的妻儿也在，我的妻儿也在，两家人像所有的家庭聚会一样，只是说了许多关于孩子的话题，并没有说诗；那天晚上，我们喝了很久，喝了很多，却都没有醉意。

等到彦明回到天津，再次打电话过来，说起这次小聚，说起开心的话题，也说起了没有聊一聊诗歌的遗憾。说着说着，两个人突然都笑了——诗歌就在生活中，那一刻的美好就是诗歌本尊，我们又何必非要把它说出来？

辛泊平：中国作家协会会员，河北省诗歌研究中心特约研究员。出版有诗歌评论集《读一首诗，让时光安静》《与诗相遇》，随笔集《怎样看一部电影》等。

王彦明：毕业于陕西师范大学中文系，天津作家协会文学院签约作家。著有诗集《我看见了火焰》和《我并不热爱雪》。

一度&憩园

一度‖寻找某物

孤坐如悬崖。
憩园来了
悬崖多了一座。我们隔了有些远
他和一根绳子的博弈
很西方化。
我刚把枯萎的爱情
堆在炭火上。
两个陌生的女孩
湿漉漉的
走进读诗的房间
然后消失了
这间孤独的房子不仅囫囵地吞诗
也吃孤独的女人
憩园带来一块石头
叫"在别处"
他总为别处的生活奔波
肉身沉重。
椅子一张张崩塌
中午他抽了十六根烟
白纸上涂满尼古丁
令人厌倦的生活。令人厌倦的
憩园和一度。

憩园 ‖ 现代生活的诗
—— 兼致一度

昨晚未读完的菲利普·拉金和赫伯特
今天继续读。天气灰蒙蒙，我们在
雾霭里埋伏着，清醒或昏沉。
工人扛着水管从花园经过，
水管传出水声。一天被声音擦亮。
他们浇灌的植物会在地下继续生长，
它们是你用感性种下的，理智的痛苦。
医生刚给你换了两颗新牙齿，你写道：
"口腔里住着一个装修队"。
对待现实，我们有相似的理解和呈现。
不惑之年，最好的日子是词语的力量。
接孩子放学的门口，矗立着一些
臃肿的身影，有些东西在破碎。
一边破碎一边愈合。这是夏天
不适合在一个地方太久，这是中年
疾病接二连三，一个路口转一个弯。
像被什么操纵着，又不知它是什么。
我们不再思考有什么会留下。
在得丘园，很多装置。
赵勇活在立方体的世界。
一度活在玫瑰园的世界。
憩园在两个世界来回穿梭。
写好一首诗，他在白纸上誊一遍，
将它们铺在湖面，看上面的字词
变得膨胀、模糊，倾斜没入湖底。
5月31日，周三，一只水獭
从电脑屏幕底部闪出，将鼠标
放在图像上面——世界水獭日。
我们和水獭有什么关系，你我他
一厢情愿。自娱自乐。见色起意。
女性的白天是塑料薄膜，到了晚上，
摸摸自己，不愿和年龄和解。
男性的白天是西装革履，到了晚上，
失眠，不让任何人看到自己。

诗在返场，人在洄游

一度

这么多年，我像一个托钵的僧侣行走在中国的大地上，难怪昌耀给自己设计过一张名片：男子·百姓·行脚僧·诗人，昌耀的精神世界，无人能够仿效，其生活状态，无人愿意仿效。一个作家最好的作品永远是：下一部，它们一直行走在路上。是的，无休止、无倦怠地行走。我想到电影《冈仁波齐》里一两千公里的朝圣之旅，一年的路程中，一路磕长头，看到他们脱掉皮裙，在雪水漫过的路面磕头，水花四溅，他们笑容满面；看到遭遇车祸后拖拉机车头报废，于是男人拉车，女人继续磕头；看到他们将车子拉过一段，然后回头补上那段未磕的路程；看到，他们经过布达拉宫，在城市的马路继续磕头；仿佛没任何借口，让他们停下来，让他们少走一步路、少磕一个头。一双木制的手板，一张皮制的围裙，陪伴他们全程。这多么像一个诗人在行走中完成了心灵的自我救赎和精神回归。

2019 年山西汾阳，贾樟柯开拍电影《一直游到海水变蓝》的吕梁文学季片场，在黄河上游放逐上万盏河灯，河水和星光都短暂地消失了，那是我和上海得丘园主人赵勇的第一次见面，像一盏迷失的河灯，一年后漂流到了得丘花园，这里安放了我的匕首和唢呐，我的锋利和柔软，我的灵魂和歌唱，这么多植物和花朵收留了一个诗人的流浪，我一遍遍地认识它们，它们就是我内心的惊雷和闪电。

法国启蒙运动的宠儿伏尔泰说："我们必须培育自己的花园。"

弗吉尼亚·伍尔夫一生都饱受抑郁症的折磨，她在花园里散步时，顿悟了成为一名艺术家意味着什么。

"我像园丁一样工作。"在反思自己的创作过程时，富有远见的艺术家胡安·米罗这样说道。

在薇拉·凯瑟的小说《我的安东尼亚》中，主人公仰卧在祖母的花园里惊呼，找到幸福就是"融入完整而伟大的事物"。

花园是美丽的，有时美得令人窒息，花园给予人慰藉与平静，让人精神抖擞，也可让人懊恼与愤怒，而这，往往就是花园的哲学价值。尽管花园拥有一些共同的主题——有序与无序、成长与衰败、意识与无意识、静与动。我总是想到米沃什的那首《礼物》，"如此幸福的一天/雾一早就散了/我在花园里干活/蜂鸟停在忍冬花上/这世上没有一样东西我想占有/我知道没有一个人值得我羡慕/任何我曾遭受的不幸，我都已忘记/想到故我今我同为一人并不使我难为情/在我身上没有痛苦/直起腰来，我望见蓝色的大海和帆影",我也时常望见蓝色的大海和帆影。在这里,我离诗很近,离诗人很远。

花园里来来往往的诗人和艺术家很多,憩园是很有意思的一位,2021年有两个月,憩园处于工作的空档期,基本上每天都来花园,坐在蔓陀花园咖啡馆二楼,面对湖水,他写"雨过天晴的植物园,/拥有伦理学的逻辑。""蝉声里居住一座花园/一束光照着一棵树/一棵树是被一束光/照亮着的夜晚"。我们在花园里散步,在花园里将一首首诗歌解剖、还原、重组,虽然更多时候,我们都互相说服不了谁。2022年底,神赐予我的礼物——一度时间花园建设完成,我也拥有了自己的诗歌工作室,憩园便成了工作室的第二个主人,我们把一首首诗歌钉在墙板上。有时候,憩园来花园,依然是坐在咖啡馆二楼,面对他钟爱的湖水写诗,"两年后,我又坐到这里/看湖水从一楼涌到二楼/先是植物,然后是屋顶。""雨后在二楼蔓陀花园咖啡馆/一个我说话,一个我踱步/还有一人,他坐在墙角边,一言不发/你不能确定他在听我们,还在听什么"。写完了就贴在工作室墙上,我看到墙上多了一首诗,才知道他今天来过了,神秘的诗歌之旅,变得轻松而又有趣。

一度:原名王龙文,现居上海得丘礼享谷艺术区写作。和友人主编《安徽80后诗歌档案》,出版及自印诗集《眺望灯塔》《散居徽州》《失物招领》《午后返程》等。

憩园:本名宋家彬。安徽怀远人,现居上海。

朱涛‖发生在我身上的都是罕见的

—— 致 LD

发生在我身上的是罕见的
一双手丢失了自己的主人
一颗魂脱离了可歌可泣欲罢不能的
囚禁地

我问：何谓错
以梦为马有什么不对
如果正大光明是大道
一千条隐藏黑暗中的火苗为何一定是
歧路

我在卖花姑娘里找心
在她们姐妹的发丛中寻觅蜜蜂

她们答：
大海和天空从未要求你们
掏出欲望的铁钉
检验底色与成色
批发流水线的伟大

从不限制是最大的自信
他解放水珠
启程万水千山
他孵化闪电
翱翔百鸟沉睡的翅膀

命运的偶然抛出了一根红丝线
假若如此，我请求你们
一起
跳进蜂巢
恋爱
缔结独裁而美丽的新方所

陆地‖灵魂伴侣
—— 致 ZT

好吧，这一刻
让我坐在这里
一块因内心纯净而吸取语言的石头
正发出金属的叮咚声
它在人间试音 锻炼 敲打

多么动人的午后
当我一个人时
让我怀着一只蚊子
飞蛾的轻盈和嗡嗡 师父说
凡多一分得 必失自由十分
师父还说 烟花易冷 转瞬即逝
天佑众生 平平安安 唵嘛呢叭咪吽

我被蝴蝶的翅膀击中
我飞翔的自由多次返回我的体内
消失在我视线中的事物
也渐次生长于我的视线
我慢慢在时间中空了出来 以实有
我多次行走 以停顿

那些鹅卵石 移动着安放我的脚印
小癞蛤蟆蹦跳在我的眼前
一件被青蛙窃取的绿雨衣挽留水面

孤独在七月的知了 莲的口腔
我的善良是被一只白色鹭鸶命名的
它们也同样命名了我的冒进
多次被自我攻陷 沉沦
与一些声音失联
这是错误的巨大的欣喜

我爬行 在一颗被溪流讥讽的

凌霄花的攀缘中
在与悲伤的凝视中
我慢慢出生了叶子 盲目
此刻 他她 它们 这些
用微风解我经卷的发结
让微笑以雪白的心倾听 乌云的久候

我要面对草木坐下了 回到
细微的首要的哭泣的头条的土地
倾听所有这些给出的可能性 方向
是的 此刻 他她 它们 这些
我的灵魂伴侣回来了

陆地： 我发现一个人的精神样貌很难改变，你觉得呢？

朱涛： 至少对于我们是如此。我在思想随笔集《耳语的天空》自序的开头有这样一句话："像一个伤口瞪视着我。愈合后，他们很快将结盟，互为宿主，寄生在对方体内，在时间漫漫长路中结出繁花。"一个人在时代和自我经验中形成的思想会在不同的诗中体现，互相渗透，诗人之间也是，尤其是同一时代价值观和诗歌审美接近的诗人。

陆地： 我记得我们写过应和的诗，你的那首叫《发生在我身上的都是罕见的》，你的诗总是那么惊艳，就像一个人在沙漠行走，四顾茫然，忽然前面奔来一匹野马，嘶叫一声后慢慢停下来，这就是你的诗给我的感受。让我以我的诗歌逻辑来解析它吧：一双手丢失了自己的主人，一颗魂连它的囚禁之地都脱离了，接着便是寻找，在卖花姑娘的发丛寻找蜜蜂，而不是在花海，这像是某种方向性的错误，但也不。她们倒是给他指出了新的方向：大海和天空。大海和天空从未要求过什么，它们也没有要求人类必须不停地挖掘、创造什么，在它们的身上。关键是大海和天空给人类指出了自由的方向："他解放水珠／启程万水千山／他孵化闪电／翱翔百鸟沉睡的翅膀。"它们不说，只是示范给你看。这就是自然的力量。"一起／跳进蜂巢／恋爱"，缔结美丽"新方所"。这样的境地是你一直在诗中找寻的理想吗？

朱涛： 你的那首也是！你与自然的默契。你先是安静地阅读着自然，慢慢地与之对话、共鸣，直至让你欣喜地发现你的灵魂伴侣万物一一围绕着你。诗歌从与一颗石头的对话开始："一块因内心纯净而吸取语言的石头／正发出金属的叮咚声／它在人间试音／锻炼／敲打，"直到"我爬行／在一颗被溪流讥讽的凌霄花的攀缘中／在与悲伤的凝视中／我慢慢出生了叶子。"自然的启蒙就是这么伟大。

陆地： 我发现你喜欢在诗中用大海和天空的意象，我也是，这是一种本能。从岛屿到陆地，这是我们共同的经历。记得去年夏天我写了一篇《语言的装置重塑无限的可能 —— 朱涛先锋诗之我观》的评论，在写到你的过去时，似乎把自己的诗与生命的轨迹也重温了一遍。正像你在《耳语的天空》里的叙述："大海故乡对我的意义几乎是精神性的，她的博大、辽阔、深邃、不羁、无处不在的咆哮和危险，很早让我认识到人的卑微和渺小，让我即使在最磅礴时，也不敢自傲和自恋。"

朱涛： 是的，我见过数不胜数的山川风景，但我最爱的是大海，她的气势磅礴、随心所欲与沉静、安详、神秘，糅合在一起，是我一生取之不尽的创造力的源头。我一出生就拥有了大海这部恢宏的辞典，这是我的幸运。然而，去远方，像鸟儿一般自由，却是早已植入内心的号角。

没有疆界

朱涛　陆地

陆地：你的话从某种意义上说出了一代人的精神样貌。看起来热爱与远离似巨大的悖论，然而既然大海已经启示了一种自由的形态，领悟它使命的人必须选择主动与它分离。我们是带着大海的任务转身而去的，这样的分离也许便是一种全然的拥有。诗歌就是这一只承载自由的鸟儿。

朱涛：有人在我的诗歌中看到了无数伤口，以为我必是个遍体鳞伤的人，见到我本人红光满面、生龙活虎大为惊悚。现在我公布答案：我是个人类主义者、世界主义者，因而痛苦是人类的、世界的。呵呵。

陆地：好吧。我很愿意你一直红光满面地幸福地痛苦着。后人本心理学家肯.威尔伯认为人把当下的体验分割为不同的部分，就像上帝命名植物一般，于是有了疆界，我与你，战争与和平，自由与禁锢，然而当我们使用意识光谱整合地看世界时，疆界消失了。

朱涛：无用的诗歌在向世界的告白中，究竟想要寻找怎样的安慰。证明自己和假设的知音存在过？还是在混乱的辩论中制造一个最高的噪声，让人厌恶，从而达到铭刻。

陆地：呵呵，新的质疑又开始了。

朱涛：当代诗人，浙江舟山群岛人，现居深圳。已出版诗集《站在舌头上》《半轮黄日》《越荒诞越奔跑》《落花纪念碑》《明天，明天，明天》，思想随笔集《耳语的天空》。

陆地：当代诗人，艺术家。现居上海。有《非语》《时光，一克拉的灰烬》《纯情偶像》《艺术离我们多远》《陆与岛的想入非非》等著作。

后 记

建安，作为一个皇帝的年号，却是因当时的文化而被后世尊崇、铭记并广为流传，这对皇权来说，的确是一个巨大讥讽。

说起建安，就不得不说邺城，三国故地，六朝古都；也不得不说起曹操，一代雄主，魏武挥鞭；更溯至战国，武灵雄风，一晃千年。

建安风骨是慷慨悲凉、雄健深沉，它奠定了五言诗的地位，其现实主义和积极进取的精神对后世的文学创作产生了重大影响。

我是 2015 年萌生"为往圣继绝学"想法的，建安文化是中国的，也是世界的，它萌发生长在邯郸，对后世影响深远，而今，也应该在邯郸有它的高地。

北京的中国人民大学的杨庆祥、《青年文学》的张菁，石家庄的河北师范大学的李浩，邯郸的张楠、左小词、寒城，凭借多年交往，我们"一拍即合"，开始以建安文学的名头，谋划办刊、办节、办论坛、办沙龙。

2015 年 9 月 12 日，第一届建安诗歌节在临漳县（古邺城）举办。来自全国各地四十多位诗人、评论家、学者参加了活动。诗歌节还揭晓了"首届建安文学奖"，其中包括三个奖项，即诗歌奖、文学评论奖和小说奖。时至今日，已举办四届。

随着建安诗歌节、建安文学双年奖的声名远播和日益深入人心，在众多社会力量的组合和帮助之下，我们策划了"建安"系列，《建安·唱和》由此而生。我们征集了全国各地七十余位诗人的唱和诗歌，编辑成册，以期出版，达到倡导唱和之风，关注诗人交往，推动诗歌艺术发展，为诗歌史留下珍贵资料的目的。

见君